DIESES BUCH GEHÖRT:

Die drei !!!

Die drei !!!

Geheimnis am Fluss

Kirsten Vogel

KOSMOS

Umschlagillustration von Ina Biber, Gilching
Umschlaggestaltung von Sabine Reddig

Weitere Bände dieser Reihe siehe S. 158

FSC www.fsc.org
MIX
Papier aus verantwortungsvollen Quellen
FSC® C083411

Gedruckt auf chlorfrei gebleichtem Papier

ISBN 978-3-440-17080-9
Redaktion: Lea Hille
Lektorat: Claudia Müller
Produktion: DOPPELPUNKT, Stuttgart
Druck und Bindung: CPI books GmbH, Leck
Printed in Germany / Imprimé en Allemagne

Die drei !!!

Geheimnis am Fluss

Mein lieber Schwan

»Findest du das nicht etwas übertrieben?« Franzi hatte ihr Handy zwischen ihrer linken Schulter und der Wange eingeklemmt. Auf der anderen Schulter saß Eule Matilda. In der rechten Hand trug sie einen Eimer Hafer, den sie in den Futtertrog ihres Ponys Tinka kippen wollte. Sie betrat den Pferdestall. Huhn Polly hinkte neben ihr her und pickte an ihrem Schnürsenkel. Franzi schielte zu ihr hinunter und versuchte, das Huhn mit der linken Hand zur Seite zu schieben. »Stopp, sonst gibt es gleich einen Unfall.« Aber Polly dachte nicht daran aufzuhören, und Blake, mit dem Franzi telefonierte, hatte sie missverstanden. »Nein, ich meinte nicht dich, Blake, sondern Polly. Ich finde aber, dass du nach deinem Unfall mit der Hand auch vorsichtig …«

In diesem Moment stolperte Franzi über ihren offenen Schnürsenkel. Sie taumelte. Ihr Handy fiel ihr aus der Hand und Eule Matilda flatterte erschrocken durch den Stall. Franzi konnte sich gerade noch an dem Regal festhalten, das sich genau neben ihr an der Wand befand. Der Eimer rutschte ihr aus der Hand

und die Hälfte der Haferkörner rieselte auf den Stallboden.
»Mann, Polly, was sollte das denn jetzt?« Franzi hob ihr Handy hoch und wischte den Staub vom Display. »Blake? Bist du noch dran? Ich bin gerade gestolpert. Polly ist den ganzen Tag schon so eifersüchtig auf Matilda. Jetzt hat sie mir die Schnürsenkel aufgepickt und ich bin darüber gestolpert.«
Franzi klemmte ihr Handy wieder zwischen Schulter und Wange und hockte sich neben der gackernden Polly auf den Boden. Sie wollte den Schuh zubinden, da kam Matilda wieder angeflogen und setzte sich auf ihren Rücken. Franzi seufzte. »Sorry, Blake, ich rufe dich später an. Pass auf dich auf.« Franzi hauchte einen Kuss ins Telefon und drückte das Gespräch weg.
Polly hatte angefangen, die Haferkörner aufzupicken. Sanft schob Franzi das Huhn beiseite. »Polly, stopp, das ist Tinkas Futter. Ihr bekommt auch gleich noch was.« Dann nahm sie Eule Matilda von ihrem Rücken herunter. Matilda blieb in sicherer Entfernung zu Polly auf dem Boden sitzen und sah Franzi mit ihren großen Augen an. »Du kannst ruhig aus dem Stall fliegen, Matilda, du musst hier nicht dabei sein.« Aber Matilda blieb sitzen.
Franzi Winkler lebte mit ihrer Familie und ihren Tieren auf dem Winklerhof. Ihr Vater war Tierarzt und betrieb auf dem Hof eine eigene Praxis. Vor einiger Zeit hatte Franzi mit ihrer Schwester Chrissie und deren Freund Niko die kleine Eule bei einem Waldbrand gerettet. Matilda war mit einem Schreck und einem verletzten Flügel davongekommen, und Franzi hatte sie mit auf den Winklerhof gebracht, wo sie sich gemeinsam mit

Paul, dem Praktikanten ihres Vaters, um Matilda gekümmert hatte. Der Flügel war mittlerweile längst verheilt und aus dem kleinen Eulenküken war eine stattliche Eule gworden. Allerdings war die Eule keineswegs gewillt, sich wieder allein in die Natur zu begeben. Im Gegenteil, sie hatte sich so an Franzi gewöhnt, dass sie nun wie das hinkende Huhn Polly, das schon lange auf dem Hof lebte, immer Franzis Nähe suchte.
Franzi freute sich jeden Morgen, wenn sie den beiden und ihrem Pony Tinka vor der Schule Futter brachte. Auch wenn sie der kleine Konkurrenzkampf der beiden Vögel manchmal etwas nervte, war sie doch auch sehr glücklich, dass Matilda noch immer bei ihnen war. Aber Franzi war auch klar, dass die Eule ein wilder Vogel war und eigentlich wieder in den Wald gehörte.
War sie vielleicht zu vorsichtig? Blakes Hand war ja genau wie Matildas Flügel wieder verheilt. Gerade hatte er ihr am Telefon berichtet, dass er nun auch wieder richtig trainierte, denn das nächste WCMX-Turnier stand an. Seit einem Reitunfall saß Franzis Freund im Rollstuhl. Er war sehr sportlich und machte WCMX, was eine Abkürzung für Wheelchair Motocross war. Kürzlich hatte er sich bei einem Unfall einen komplizierten Bruch im Handgelenk zugezogen und musste operiert werden. Zunächst war nicht klar gewesen, ob er überhaupt jemals wieder WCMX betreiben konnte. Franzi freute sich sehr für ihn, dass alles so gut verlaufen war, aber sie war sich einfach nicht sicher, ob es gut war, jetzt gleich wieder Vollgas zu geben.
Tinka wieherte.

»Ja, du bekommst gleich dein Futter.« Franzi zog ihre Haargummis fester. Sie wusste gar nicht, was sie zuerst machen sollte: die Tiere füttern, Tinkas Stall ausmisten oder packen?

»Ach, hier bist du!« Marie kam in den Stall gehüpft und umarmte Franzi überschwänglich. Dabei verrutschte ihr großer Sonnenhut. »Warum liest du einzelne Haferkörner vom Boden auf, du bist doch nicht Schneewittchen?«

Kim stand in der Stalltür. »Du meinst Aschenputtel? Sie ist es, die die Linsen von den Erbsen trennen muss.«

Franzi stand auf. Dabei merkte sie, dass ihre Ferse aus dem Schuh gerutscht war. »Aschenputtel passt. Meinen Schuh hab ich auch verloren, dank Pollys Pickkünsten.«

Kim musste lachen, wurde dann aber wieder ernst. »Und wo ist dein Rucksack?«

Franzi schlüpfte in den Schuh. »Noch nicht gepackt.«

»Was?« Kims Stimme klang ein bisschen schrill. Aufgeregt plapperte sie drauflos. »Das ist ja wohl total lieb, dass Davids Vater ihn zum Angeln einlädt und wir auch noch mitdürfen! Herr Lindemann war laut meiner Mutter am Telefon so nett, dass sie selbst gern mitgefahren wäre.« Kim grinste schräg. »Zum Glück ist das nicht der Fall. Und ich bin auch froh, dass ich Ben und Lukas mal ein paar Tage nicht sehen muss. Die wollen mir jetzt beim Schreiben immer reinreden und machen so blöde Knutschgeräusche, wenn ich eine Liebesszene schreibe.«

Ben und Lukas waren Kims Zwillingsbrüder und raubten ihr oft den letzten Nerv, indem sie heimlich in ihrem Tagebuch lasen oder sich über ihre Süßigkeitenvorräte hermachten.

Sie tippte auf ihr Handgelenk an die Stelle, wo man normalerweise eine Uhr trug. »Also, wenn Herr Lindemann uns sogar abholt, sollten wir wenigstens abfahrbereit sein. David hat mir gerade geschrieben, dass sie in fünfzehn Minuten hier sind.«
»Da wir ja auch sonst schneller sind, als die Polizei erlaubt, sollte das doch zu machen sein!«, sagte Franzi entschieden. »Marie, kannst du Tinka füttern?« Sie wollte Marie den Eimer in die Hand drücken, aber die reagierte nicht. Stattdessen hockte sie neben Matilda, zog ihren blonden Zopf unter dem Strohhut zurecht und hielt ihr Smartphone für ein Selfie hoch. Aber Matilda dachte gar nicht daran, in die Kamera zu gucken, sondern flatterte mit den Flügeln und drehte sich weg. Stattdessen kam Polly angewackelt und setzte sich neben Marie.
»Los, Matilda«, zwitscherte Marie. »Ein Foto mit Polly und mir!« Sie wedelte mit den Armen, als wollte sie losfliegen. Dabei stieß sie beinahe mit Franzi zusammen, die gerade aufgestanden war. Der Eimer in Franzis Hand bewegte sich gefährlich.
»Sorry.« Marie zog entschuldigend die Schultern hoch. »Ich dachte, Finns Ententanz wäre was für Matilda. Die sind im Waldkindergarten zumindest alle ganz verrückt danach.«
Finn war Maries Halbbruder. Ihr Vater Helmut Grevenbroich war nun schon lange mit der Kamerafrau Tessa verheiratet. Finn war das gemeinsame Kind der beiden. Tessa hatte auch eine Tochter mit in die Ehe gebracht. Sie hieß Lina.
»Wofür brauchst du ein Selfie mit einer Eule?«, fragte Kim.
»Wenn ihr es unbedingt wissen wollt«, Marie rückte ihren Hut zurecht, »Jakob kennt sich sehr gut aus mit wilden Vögeln

und ich hab ihm von Matilda erzählt. Er wollte mal ein Foto sehen.«
»Und warum musst du da mit drauf?« Kim grinste. »Bist du auch ein Vogel?«
»Weiß Holger, dass du seinem Freund Selfies von dir schickst?«, schaltete sich Franzi ein.
Marie nahm ein paar Haferkörner auf die Hand und hielt sie Polly hin. »Ich hab doch gar keins verschickt.«
»Mein detektivischer Spürsinn sagt mir, dass du Jakob ganz gut findest?«, fragte Franzi freiheraus. »Er sieht gut aus, ist nett, sportlich ...«
»Vielleicht ist es eher ein Fall für unseren Freundinnen-Spürsinn«, korrigierte Kim. »Und Jakob scheint auch noch lustig zu sein.«
»Außerdem mag er Tiere«, ergänzte Franzi.
»Das ist kein Fall für die drei !!!«, sagte Marie beleidigt und warf die Körner in den Eimer.
Kim Jülich, Franziska Winkler und Marie Grevenbroich waren trotz gelegentlicher Meinungsverschiedenheuten die allerbesten Freundinnen. Sie hatten einen Detektivclub gegründet und nannten sich *Die drei !!!*. Insgesamt hatten sie schon mehr als neunzig Fälle erfolgreich gelöst. In ihrem letzten Fall hatten sie in einem Schloss den Diebstahl einer Gemäldefälschung aufgedeckt.
Franzi hatte begonnen, Tinkas Stall auszumisten. Das Pony stand ruhig neben ihr und legte Franzi den Kopf auf die Schulter. »Wenigstens bist du nicht so ein aufgeregtes Huhn«, flüs-

terte Franzi Tinka ins Ohr, während sie ihr über die weiche Nase strich. »Ich werde dich vermissen, aber in wenigen Tagen bin ich wieder da.«

»Auch wenn unser letzter Fall noch gar nicht so lange her ist, bei mir kribbelt es schon wieder im Bauch«, gab Kim zu.

»Du verwechselst das bestimmt mit deiner Liebe zu David«, sagte Franzi. »Ihr seid ja auch noch in der frischen Verliebtheitsphase.«

»Da bleiben wir auch!«, flötete Kim und sprang auf. Sie umarmte Franzi. Wieder wackelte der Eimer. »Ich bin so glücklich. Und so aufgeregt. Und gleich fahren wir das erste Mal zusammen weg.«

Eine laute Hupe tönte über den Hof.

»Da sind sie!« Kim lief los. »Franzi, jetzt musst du dich aber echt beeilen.«

Marie hatte es nicht geschafft, Matilda zu einem Selfie zu motivieren. »Ich helfe dir!« Sie nahm die Schubkarre. Weil das Rad klemmte, ruckelte sie daran herum und stieß gegen Franzis Schienbein. »Entschuldigung.«

Franzi lachte. »Ihr verrückten Hühner flattert genauso aufgeregt herum wie Polly und Matilda.«

Marie musste ebenfalls lachen.

»Zum Glück hat deine Mutter uns diese fantastischen Proviantboxen gepackt«, nuschelte Kim mit vollem Mund. Während der zwei Stunden Autofahrt hatte sie neben David auf der Rückbank entspannt die Croissants gemümmelt. Franzis Mutter betrieb einen sehr erfolgreichen Backservice und die drei !!! zählten sich zu ihren größten Fans. Weil die Freundinnen sich durch die Initiative von Franzis großer Schwester Chrissie sehr für den Umweltschutz engagierten, war auch Frau Winkler immer mehr darauf bedacht, die Umwelt zu schützen. Und so hatte sie Plastikverpackungen komplett aus ihrem Repertoire gestrichen. Die Kuchen und Torten, welche sie für Veranstaltungen herstellte und auslieferte, waren stets in schönen und stabilen Pappkartons verpackt. Kim knüllte die Papiertüte zusammen. »Kein Krümel ist mehr übrig.«

»Deine Eltern sind echt nett, Franzi, und euer Hof gefällt mir sehr«, sagte Davids Vater.

Während sie darauf gewartet hatten, dass Tinkas Stall sauber und Franzis Rucksack gepackt war, hatte Frau Winkler Herrn Lindemann noch auf einen Kaffee eingeladen. Dirk Lindemann hatte ein Jahr im Ausland als Architekt gearbeitet und war nun wieder zurück in Deutschland, wo er mit seinem Freund dauerhaft bleiben wollte. Das Problem an der Sache war nur, dass die beiden eine schöne Eigentumswohnung in einer anderen Stadt gekauft hatten. Um seinen Vater regelmäßig sehen zu können, wollte David nun an jedem zweiten Wochenende zu ihm fahren. Franzi wusste, dass das für Kim nicht leicht werden würde, denn die beiden Turteltäubchen Kim und David waren nicht nur immer noch verliebt wie am ersten Tag, sie teilten auch eine Leidenschaft: das Schreiben. Erst kürzlich war ihr erster gemeinsamer Fantasykrimi bei einem Verlag als E-Book erschienen. David hatte eigentlich den Plan verfolgt, eine Fortsetzung zu schreiben, aber das war für Kim nicht infrage gekommen. Sie hatte mehr Lust, mal etwas Realistischeres zu schreiben, und sich durchgesetzt: Das aktuelle gemeinsame Projekt war ein Fortsetzungs-Liebesroman, welcher bereits seit einiger Zeit regelmäßig in einer Jugendzeitschrift erschien. Kim hatte zunächst unter einer Schreibblockade gelitten, aber die hatte sie mittlerweile überwunden und war wieder voll und ganz in ihrem Element.

»Wir sind gleich da«, verkündete Davids Vater, der den Kleinbus extra für das verlängerte Wochenende geliehen hatte. Er fuhr an dem Ortsschild von Schwanbach vorbei und bog von der Landstraße auf einen schmalen Weg ab, der von hohen Pappeln gesäumt war.
»Ich bin schon so gespannt.« Kim ließ die Fensterscheibe nach unten fahren und atmete die Luft ein. »Bis jetzt habe ich noch nie auf einem Hausboot geschlafen.«
»Ich auch nicht.« Franzi blinzelte in die Baumkronen. Das Wetter war vielversprechend. Der Himmel strahlte in kräftigem Blau und die Sonne schien. Franzi hoffte, dass sie in den kommenden Tagen ein wenig abschalten konnte von Matilda, Polly und den Sorgen, die sie sich um Blake machte.
Herr Lindemann lenkte das Auto um eine Kurve und der Fluss kam in Sicht. Nach ein paar Metern hielt er an. »Da sind wir! Willkommen in Schwanbach!«
»Hurra!« Franzi schob die Tür auf und sprang als Erste heraus, gefolgt von Marie, die zum Ufer lief. »Das ist ja paradiesisch!«

Um sie herum wuchsen Trauerweiden, deren Äste ins Wasser hingen. Durch das Schilf glitzerte das Wasser in der Sonne.
»Der Fluss ist ein Nebenarm eines größeren Flusses«, erklärte Davids Vater. »Hier gibt es keinen Schiffsverkehr.«
Franzi atmete tief ein. Die Natur wirkte unberührt. Menschen waren nicht zu sehen, auch keine Häuser. Die Autos, die auf der Landstraße entlangfuhren, konnte man höchstens erahnen. Dafür hörte man das leise Plätschern der Wellen, die ans Ufer schwappten. Franzi schnupperte. Es duftete nach Sommer, Beeren, Blumen, Tannennadeln und Sonne. Ein hellblauer Schmetterling flatterte an ihr vorbei.
Marie, Kim und David waren neben sie getreten.
Kim hauchte David einen Kuss auf die Wange. »So lieb, dass ihr uns mitgenommen habt.«
»Ich freue mich einfach, euch endlich mal kennenzulernen«, sagte Herr Lindemann, der den ersten Koffer aus dem Auto hievte. »David hat in seinen E-Mails so oft von dir berichtet, Kim. Und von euch natürlich auch.«
»Papa!«, sagte David vorwurfsvoll. Es schien ihm peinlich zu sein, dass sein Vater das so offen ausplauderte.
»Wenn Kims Vater im Ausland gewesen wäre, hätte sie ihm auch Briefe über dich geschrieben«, besänftigte Franzi David.
»Sie hätte ganze Liebesromane geschrieben«, ergänzte Marie und erntete einen vorwurfsvollen Blick von Kim, die sich verlegen eine Haarspange in den kurzen Pony klemmte.
Herr Lindemann wuschelte seinem Sohn durch die braunen Haare. »Die Liebe ist eine so wundervolle Sache. Übrigens, ich

soll euch von Berti grüßen. Er findet es sehr schade, dass er nicht dabei sein kann. Aber er konnte sich nicht freinehmen.«
»Danke. Liebe Grüße zurück«, sagte Kim. »Ist Berti Ihr Freund?«
»Genau. Er heißt eigentlich Berthold. Und: Sagt doch bitte *Du* zu mir. Ich bin Dirk.«
»Machen wir!« Franzi sah sich um. Erst jetzt entdeckte sie einige Meter entfernt zwei Hausboote, die an einem kleinen Steg lagen und sich ganz leicht im Rhythmus der Wellen bewegten. Die Außenwände waren aus Holz. Eins der beiden Boote war knallgelb angestrichen, das andere dunkelrot. Die Fensterrahmen strahlten weiß und an beiden Häusern hing ein großer Rettungsreifen. Die Boote waren fest vertäut. Eine Veranda führte einmal um jede Hauskabine. Darauf hing eine Hängematte, außerdem gab es eine Art Terrasse mit Stühlen und einem Tisch. Franzis Herz machte einen kleinen Hüpfer. Zusammen mit dem blauen Himmel und den vielen grünen Bäumen sahen die bunten Boote fast so aus wie die Zeichnungen aus einem schwedischen Kinderbuch.
Davids Vater hatte das Gepäck ausgeladen.
»Danke!« Franzi nahm ihren Rucksack und lief vorweg.
»Ihr wohnt im gelben Hausboot und wir im roten«, erklärte Dirk. »Die Boote sind am Steg befestigt und unsere Schlafzimmer so nah beieinander, dass ihr mich womöglich schnarchen hören könnt.« Er lachte. »Ihr braucht also keine Angst zu haben, ich bin ganz in eurer Nähe. Und David natürlich auch.«
Das Holz knarrte, als sie über den Steg zum Hausboot liefen.

»Das ist der absolute Hammer!«, rief Marie. Sie betrat die kleine Terrasse und stellte ihren Koffer ab.

Hier stand ein Holztisch mit mehreren Stühlen und Franzi freute sich schon auf das Abendessen mit Blick auf den Fluss.

Dirk Lindemann gab den Mädchen einen Schlüssel. »Ahoi, Matrosinnen!« Dann drehte er sich zu seinem Sohn. »Komm, Matrose, wir begutachten mal unsere Kabine.«

David gab Kim ein Küsschen auf die Wange und verschwand mit seinem Vater im roten Hausboot.

Kim schloss die Eingangstür auf und betrat das gelbe Hausboot als Erste. »Das ist ja superschön hier!«, rief sie entzückt.

Marie kam hinterher. Sie warf ihren Sonnenhut wie eine Frisbee auf das Bett im hinteren Bereich der Kabine.

Franzi entdeckte drei Stand-up-Paddle-Boards, die an der Hauswand des roten Hausboots lehnten. »Dürfen wir die etwa auch benutzen?«

»Klar!« Dirk sah aus einem der Fenster herüber. »Deshalb solltet ihr Neoprenanzüge mitnehmen!«

Glücklich sah Franzi auf das Wasser, das in der Sonne glitzerte. »Da ist ein Schwan mit mehreren Küken!« Doch plötzlich erschrak sie. Hektisch wühlte sie ein Fernglas aus ihrem Beutel und drehte am Rädchen, um es scharf zu stellen.

»Was ist denn?«, wollte Marie wissen.

»Die Schwanenmama hat eine Plastiktüte am Flügel hängen!«, rief Franzi alarmiert. Sie sprang auf und raste zum Ende des Stegs. Die Schwäne waren mindestens zehn Meter von ihr entfernt. »Wir müssen ihr helfen!«

Fundstücke

»Was, wenn sich der Schwan oder eines seiner Küken noch mehr darin verheddert? Allein kann er sich bestimmt nicht davon befreien«, rief Franzi ihren Freundinnen zu. Sie überlegte fieberhaft, ob sie ins Wasser springen und hinschwimmen sollte. Franzi war sehr sportlich und würde ihn mit wenigen Schwimmzügen schnell erreichen, aber der Vogel würde sich verfolgt fühlen und wegschwimmen. Sie musste ihn anlocken. Aber womit? Hastig lief sie über den Steg wieder zurück zum Hausboot und wühlte in ihrem Beutel, aus dem sie die Papiertüte mit ihrem Reiseproviant hervorholte. Daraus schnappte sie sich das letzte halbe Croissant. »Zum Glück hast du das noch nicht verputzt, Kim.« Sie lachte.

Kim grinste. »Wenn du es mir so vor die Nase hältst, ist es wahrscheinlich gleich weg.«

»Nix da!« Franzi versteckte das Gebäckstück hinter ihrem Rücken.

»Was hast du jetzt damit vor?«, wollte Marie wissen.

»Ich möchte den Schwan anlocken, damit ich die Plastiktüte

vom Flügel entfernen kann«, erklärte Franzi. Mit schnellen Schritten ging sie über den Steg.
»Schwäne sind nicht ungefährlich«, warnte Marie, die neben ihr lief. »Ich wurde als kleines Mädchen mal beinahe von einem gebissen, als ich ihn füttern wollte.«
»Ja, Schwäne können aggressiv werden, vor allem, wenn sie ihre Küken beschützen wollen«, sagte Franzi. Sie kippte die Tüte über dem Wasser aus. Krümel rieselten auf die Wasseroberfläche. Die Schwanenmutter kam langsam näher. Ihre Küken blieben dicht bei ihr. Sie waren noch grau und ganz flauschig. »Und eigentlich soll man Enten und Schwäne auch gar nicht mit Brot oder Brötchen füttern«, erklärte Franzi.
»Deine Mutter verwendet doch nur Bio-Zutaten, oder?«, fragte Kim.
Franzi nickte. »Aber die Tiere vertragen das Salz und den Zucker nicht. Sie hielt das Brötchen in Richtung der Schwäne. »Außerdem verunreinigt Brot in Ententeichen auch oft das Wasser und die Wasserqualität leidet. Durch die zusätzlichen Nährstoffe wachsen dann immer mehr Algen, und das führt wiederum dazu, dass weniger Sonnenlicht ins Wasser kommt und den Unterwasserpflanzen das Licht für die Fotosynthese fehlt.«
»Apropos Foto!« Marie zog ihr Handy hervor. »Jakob findet bestimmt auch flauschige Schwanenküken süß.«
Franzi und Kim sahen Marie entgeistert an.
Kopfschüttelnd setzte Marie ihre Sonnenbrille auf. »Mann, ich weiß, was Fotosynthese ist, Mädels. Die Pflanzen stellen mit-

hilfe von Licht Sauerstoff her. Und wenn der fehlt, geht es allen Lebewesen im Wasser nicht gut.«

»Pssst! Und nicht ruckartig bewegen.« Franzi legte den Finger auf den Mund, denn die Schwanenmutter kam langsam näher.

»Ist ja irgendwie gemein, sie so anzulocken«, fand Marie.

»Hast du eine bessere Idee?«, fragte Franzi.

Im selben Moment schwappten Wellen gegen den Steg.

Die drei Freundinnen sahen sich um. David und sein Vater waren in das kleine Holzboot gestiegen und ruderten auf sie zu. David versuchte einen Köder an der Angel zu befestigen, während sein Vater bereits die Angel ins Wasser warf.

Die Wellen und die Geräusche erschreckten den Schwan, der schon fast in Reichweite gewesen war, und er drehte ab. Mit ihm die kleinen Küken.

»Jetzt habt ihr die Schwäne verjagt!«, rief Kim.

»Tut mir leid!« David zuckte mit den Schultern. »Sollen wir hinterher?«

»Das große Boot macht ihnen bestimmt Angst«, vermutete Franzi. Sie steckte sich das halbe Croissant in den Mund und kaute. »Ich habe eine andere Idee. Kommt mal mit.« Sie lief über den Steg zurück zum Hausboot, Marie folgte. »Kim? Kommst du?«

Kim hatte verträumt David dabei beobachtet, wie er die Angel ins Wasser geworfen hatte und nun ganz still dasaß. Sie stand auf und lief ihren Freundinnen hinterher. »David in dem Boot, das sieht aus wie ein Gemälde.«

Franzi schmunzelte. »Nur dass das Gemälde mit einem Schwan

mit Plastik am Flügel im Hintergrund nicht schön ist.« Sie öffnete ihren Rucksack. Darin befanden sich zwei Neoprenanzüge. Praktischerweise hatte Franzi einen eigenen und bei ihrer Schwester Chrissie im Schrank noch ein älteres Modell gefunden.

Sie reichte Kim den Anzug. »Marie, du hast deinen auch dabei?«

Marie, die schon wieder in ihr Handy vertieft war, nickte langsam.

Als die drei Freundinnen in den Anzügen steckten, begutachtete Franzi die Stand-up-Paddle-Boards. »Die sehen gut aus und sind auch ausreichend aufgepumpt. Bis auf das eine hier.« Sie entdeckte eine Luftpumpe und befüllte das Board kurz mit Luft. »So, und jetzt klemmt ihr euch das Board unter den Arm und folgt mir.«

Sie liefen zum Ufer. An einer Stelle gab es einen direkten Zugang zum Fluss. Das Ufer war flach und ein schmaler Streifen Sand erleichterte den Einstieg. Franzi hielt ihren Fuß ins Wasser. »Hui, das ist aber frisch.«

Kim wankte neben ihr. »Ich wusste gar nicht, dass ein Stand-up-Paddle-Board so schwer ist.« Das Board, das bereits schräg unter ihrem Arm klemmte, rutschte ins Wasser. Es platschte.

»Eigentlich muss man aufpassen, dass die Finne nicht beschädigt wird«, erklärte Franzi. Sie ließ die Schwanenmutter nicht aus den Augen. »Zum Glück ist das Wasser hier klar und es geht nicht gleich so tief rein.« Franzi legte ihr Paddel quer auf das Brett. »Im letzten Sommer habe ich eine Einweisung bekommen und hab es einmal ausprobiert. Versucht mir einfach mal alles nachzumachen.«

Kim und Marie legten ihre Paddel ebenfalls quer ab.

Vorsichtig kniete Franzi sich auf das Board. Kurz wackelte es leicht, aber sie hatte schnell die Balance gefunden. »Ist die Hülle wasserfest?«

Marie nickte. Sie hatte ihr Handy in eine durchsichtige Hülle gesteckt, die an einer Schnur um ihren Hals baumelte. »In unserer Kabine habe ich für euch beide auch Hüllen. Helmut hat sie mir gegeben, er hatte sie bei seinem letzten Tauchurlaub dabei.«

»Mach bloß kein Foto von mir, wie ich gleich ins Wasser falle«, kicherte Kim.

»Solange du kein Vogel bist, wird sie dich nicht fotografieren.« Franzi grinste. »Das wäre ja für Jakob total uninteressant.«

Kim musste noch mehr lachen und versuchte nun ebenfalls, auf das SUP-Board zu kommen. Sie rutschte ab und platschte ins Wasser. »Hilfe, ist das kalt.«

»Pssssst!«, zischte David aus dem Boot zu ihnen herüber.

»Sorry«, raunte Kim ihrem Freund zu.

Herr Lindemann schüttelte gespielt genervt den Kopf.

Ehe Marie es nun versuchte, machte sie noch ein Foto des Schwans.

»Schreib *Mein lieber Schwan, ich helfe dir jetzt* unter das Foto und dann konzentrier dich mal«, forderte Franzi sie auf.

»Gute Idee.« Marie tippte auf dem wasserfesten Plastik herum

und schickte die Nachricht ab. In Sekundenschnelle machte Maries Handy einen Piepton, der klang wie eine Eule.
Franzi rollte mit den Augen. »Was schreibt er?«
»Na, dass wir dem Schwan helfen sollen.« Nun kletterte Marie konzentriert auf das Board.
»Aha, du brauchst also Jakobs Zuspruch, um einem Tier in Not helfen zu wollen?«, stichelte Franzi.
»Mann, Franzi, reg dich ab.« Kim schnippte ein nasses Blatt von ihrer Hand. »Wir wollen alle helfen, aber nicht jeder kann so gut aus dem Stand auf dem Board stehen wie du.« Auch Kim versuchte es erneut, rutschte aber ab. Wieder musste sie lachen.
»Ey, Leute, das wird jetzt echt zu laut!«, rief David. »Ihr vertreibt ja die ganzen Fische.«
»Okay, ich gebe mir jetzt Mühe«, sagte Kim ernst und versuchte es noch einmal. Dieses Mal gelang es ihr, mit den Knien auf dem Board zu bleiben.
Nun führte Franzi vor, wie man das Paddel benutzte, um vorwärtszukommen. »Es gibt die Paddeleintauchphase, die Paddelzugphase und die Paddelrückholphase«, erklärte sie und machte dabei die entsprechenden Bewegungen.
Kim und Marie machten es nach.
Auf den Knien paddelten sie los in Richtung der Schwäne, die sich im selben Moment ebenfalls in Bewegung setzten.
Langsam stand Franzi auf. Wieder schaukelte das Board kurz, aber es klappte. Auch Kim und Marie hatte der Ehrgeiz gepackt und sie versuchten aufzustehen. Es gelang.

»Wow!«, staunte David, als sie an ihm vorbei den Schwänen hinterherpaddelten.
Der Fluss teilte sich nach wenigen Metern, in der Mitte gab es eine kleine Insel. Die Schwäne schwammen rechts daran vorbei, die Mädchen folgten ihnen und hatten sie fast eingeholt.
Konzentriert behielt Franzi die Schwäne im Blick und übersah beinahe ein Mädchen, das wie aus dem Nichts von der Seite auf einem kleinen Holzboot auf sie zukam. Sie hatte dunkle lange Haare und trug eine Jeans und ein schwarzes T-Shirt.
»Achtung, bremsen!«, rief Franzi Kim und Marie über ihre Schulter zu.
»Ich weiß nicht, wie man bremst.« Kim hörte auf zu paddeln und wurde langsamer.
Auch Marie gelang es, das Tempo zu drosseln, indem sie das Paddel in die andere Richtung durch das Wasser zog.
Franzi fixierte den Schwan, der zwischen dem Schilf umherschwamm.
»Ich habe ihn auch gerade entdeckt«, berichtete das Mädchen, das etwas älter war als die drei !!!. »Ich bin Fine. Und ihr?«
»Ich bin Franzi, das sind Kim und Marie.«
»Wohnt ihr in den Hausbooten?«
»Genau!« Franzi linste wieder zu der Schwanenfamilie. »Wir müssen sie von der Tüte befreien.«
»Ich habe es gerade mit meiner Angel versucht«, sagte Fine. Sie hielt einen langen Stab hoch. »Aber mit dem Boot komme ich nicht nah genug ran.«
»Kann ich es mal probieren?«, fragte Franzi.

»Klar.« Fine reichte ihr den Stab. An seinem Ende befand sich ein Metallhaken.

Franzi legte den Stab zwischen ihre Füße auf das Board und näherte sich vorsichtig dem Schilfgras. Ganz langsam, wie in Zeitlupe, ging sie in die Knie, hob den Stab wieder auf und bewegte ihn vorsichtig auf den Schwan zu. Die Angel, oder was das auch immer war, war ziemlich schwer, und Franzi musste sich konzentrieren, um nicht ins Wasser zu fallen. Sie streckte den Stab immer weiter Richtung Schwan und schließlich bekam sie mit dem Haken die Tüte zu fassen. Der Schwan erschrak und schwamm los, die Tüte blieb am Haken hängen.

Fine, Kim und Marie jubelten.

Glücklich beobachtete Franzi, wie die Schwanenmutter mit ihren Küken den Fluss entlang davonschwamm. »Hoffentlich sehen wir uns noch mal!«, rief Franzi ihnen hinterher. »Wir sind noch ein paar Tage da.«

»Super gemacht, Franzi!«, rief Marie. Beinahe verlor sie das Gleichgewicht.

Fine kniete sich auf den Boden ihres Bootes und hielt die SUP-Boards von Kim und Marie fest. Die beiden gingen vorsichtig in die Knie.

Franzi legte die Angel von Fine wieder auf das Board zwischen ihre Füße und paddelte zu ihren Freundinnen. Erst jetzt sah sie, dass Fine eine große Kiste dabeihatte. »Du angelst also?«, fragte sie.

»Kann man so sagen.« Fine lachte. »Aber ich angele keine Fische.«

Kim runzelte die Stirn. »Was dann?«
Fine nahm den Stab von Franzi entgegen und zeigte auf die gebogene Spitze. »Der Haken ist magnetisch. Ich angele Müll.«
»Wow.« Franzi blieb der Mund offen stehen.
Fine holte ein altes Radio aus der Kiste, das voller Schlamm und Algen war. »Das habe ich gerade aus dem Wasser gezogen. Und einen Wäscheständer. Letzte Woche sogar ein Fahrrad und ein altes Motorrad. Da musste mir Frau Weiß, die Polizistin bei uns im Ort, helfen.«
»Das ist ja unglaublich.« Franzi schüttelte entsetzt den Kopf.
»Wie kommt das denn alles ins Wasser?«, fragte Marie empört.
Fine zuckte mit den Schultern. »Ich verstehe es auch nicht. Die Menschen schmeißen einfach ihr Zeug hier in den Fluss, vielleicht weil sie zu faul sind, es richtig zu entsorgen.«
»Und dann passiert so etwas wie mit dem Schwan!«, rief Kim aufgebracht.
»Es gibt ja nicht nur so große Plastikstücke, die die Umwelt und die Tiere in Gefahr bringen, sondern auch Mikroplastik«, sagte Franzi. »Das befindet sich in manchen kosmetischen Produkten. Die Teilchen sind so winzig, dass sie in der Kläranlage nicht komplett aus dem Wasser entfernt werden können. Und dann landen sie wieder im Trinkwasser oder im Fluss. In nahezu allen Menschen und Tieren und überall auf der Erde kann man mittlerweile Mikroplastik nachweisen.«
»Furchtbar!«, fand Marie. »Ich habe meine Kosmetik schon lange auf mikroplastikfreie Produkte umgestellt.«
»Meine Zahnpasta ist auch frei davon«, berichtete Kim.

»Fine, können wir dir helfen?«, wollte Franzi wissen.
»Klar, ich habe noch eine weitere Angel«, sagte Fine. »Wenn ihr länger hier seid, könnten wir uns morgen Vormittag wieder treffen?«
»Oh ja, super!« Franzi hatte die Angel von Fine ins Wasser gehalten und rührte darin herum. Sie hatte das Gefühl, dass es einen kleinen Ruck gegeben hatte, und zog den Stab wieder aus dem Wasser.
An dem magnetischen Widerhaken hing etwas Glänzendes.
»Das gibt's doch nicht! Das ist ja ein goldener Ring!«, rief Marie.
Franzi zog den Ring vom Haken. »Ist der etwa echt?«
Marie nahm ihn ihr aus der Hand. »Ich denke schon. Der eingefasste Stein ist sehr fein geschliffen. Ich vermute, dass das ein Diamant ist.«
»Mensch, Franzi, da willst du einmal Müll angeln und angelst stattdessen einen Schatz!«, staunte Kim. »Wo kommt der denn her?«
Marie kniff die Augen zusammen und sah sich den Ring genau an.
Franzi ließ ihren Blick über das Wasser schweifen. Es glitzerte in der Nachmittagssonne. Plötzlich sah sie etwas Blaues, das mit der Strömung direkt auf sie zutrieb.
»Guckt mal, ist das ein Müllsack?« Franzi, die noch immer die Müllangel in der Hand hielt, fischte damit nach dem Sack. Sie zog ihn heran, sodass Fine ihn greifen und auf ihr Boot befördern konnte.

Mit einem Taschenmesser schnitt Fine das Band auf. »Lauter Plastikmüll aus dem Haushalt.« Sie holte eine leere Schokopudding-Verpackung hervor und verzog das Gesicht.
»Wer bitte schön wirft denn Hausmüll in den Fluss?«, empörte sich Franzi.
»Das ist doch nicht erlaubt!«, rief Marie.
»Eine Straftat!«, stellte Kim fest. »Und wisst ihr, was das noch ist?«
»Ein Fall für *Die drei !!!*«, riefen Kim und Marie wie aus einem Mund.

Müll angeln!

Nachdem Kim, Franzi und Marie Fine anvertraut hatten, dass sie Detektivinnen waren, hatten sie sich für den nächsten Tag zum Müllangeln auf dem Fluss verabredet. Es dämmerte bereits und die drei !!! machten sich auf den Weg zurück zu den Hausbooten.

Den Müllsack hatte Franzi zwischen ihren Füßen geparkt. »Vielleicht finden wir ja im Müll Hinweise auf den Umweltsünder.«

»Genau. Sag mir, was du isst, ich sag dir, wer du bist.« Kim lächelte. »Ups, ich bin wohl ein Croissant«, schob sie hinterher.

»Vielleicht auch gleich ein Fisch, je nachdem, ob David und Dirk etwas gefangen haben«, ergänzte Marie. Sie hatte den Ring zu ihrem Handy in die wasserdichte Hülle gesteckt.

»Übrigens super, dass ihr euch so schnell auf den Boards zurechtgefunden habt«, lobte Franzi.

»Du bist eben eine sehr gute Lehrerin«, sagte Kim. »Aber bremsen kann ich immer noch nicht. Und Kurven fahren auch nicht.« Als Kim den letzten Satz ausgesprochen hatte, krachte

sie Marie seitlich ins Board. Marie fiel kreischend ins Wasser. Kim versuchte noch, die Balance zu halten, fiel dann aber ebenfalls hinein. »Brr! Ist das kalt!«
Die drei waren nur noch wenige Meter vom Ufer entfernt. Mit aller Mühe schafften es Kim und Marie, die Boards von hinten anzuschieben, sodass diese auf dem Sand zum Stehen kamen. Franzi sprang elegant ab und half ihren klatschnassen Freundinnen, die SUP-Boards zu den Hausbooten zu tragen. Dann holte sie noch schnell den Müllsack, den sie an die Rückseite ihres Hausboots lehnte.
Ein köstlicher Duft strömte aus dem Fenster von David und seinem Vater.
»Das riecht nicht nach Fisch, eher nach Nudeln mit Tomatensoße«, stellte Kim schnuppernd fest.
»Genau. Du hast eine gute Spürnase.« David kam an Deck und hauchte Kim einen Kuss auf die Nasenspitze. »Ich hab keinen Fisch geangelt. Aber der kleine Laden in Schwanbach führt alles, was man braucht.«
»Macht nichts«, lachte Kim. »Ich wollte sowieso kein Fisch sein. Ich bin lieber eine dampfende Nudel. Und gehe mal schnell heiß duschen.« Kim verschwand mit Marie im Inneren des Hausbootes, um zu duschen.
»Aber beeilt euch!«, rief David ihnen hinterher. »In zehn Minuten ist das Essen fertig.«
Franzi war schon wieder in ihre Jeans und einen Kapuzenpulli geschlüpft. Sie kam an Deck. »Ich helfe dir beim Tischdecken!«

Nach dem Essen zogen sich Franzi und Marie in ihr Hausboot zurück. In der Kabine war es zwar eng, aber trotzdem hatte alles nötige Platz. Zunächst befand man sich in einem kleinen Wohnzimmer mit Einbauküche und konnte von dort aus schon ins Schlafzimmer gucken, in dem ein Doppelbett und ein Einzelbett standen. An den holzvertäfelten Wänden hingen Gemälde mit verschiedenen bunten Fischen.
Franzi gähnte. »Ich muss ins Bett.« Sie holte ihre Zahnbürste aus dem Rucksack und verschwand in dem kleinen Bad. Als sie wieder herauskam, hockte Marie auf der Bettkante des Einzelbettes und starrte auf ihr Handy. »Wenn du noch ein Foto mit Vogelmotiv brauchst«, Franzi deutete zur Glasfront am Vorderdeck, »da sind Turteltauben.« Sie meinte Kim und David, die sich gerade mit einem Gutenachtkuss verabschiedeten.
»Sehr witzig«, knurrte Marie.
»Was ist witzig?« Kim kam mit roten Wangen herein und schloss die kleine Holztür zu.
»Ach nichts. Ich habe Jakob geschrieben, dass unsere Heldin Franzi den Schwan gerettet hat«, erklärte Marie. »Ist es okay, wenn ich in dem Einzelbett schlafe?«
Marie wartete die Antwort gar nicht ab, sondern ließ sich nach hinten fallen und vertiefte sich wieder in ihr Handy. »Keine Sorge, Holger schreibe ich auch noch.«
Franzi und Kim sahen sich nachdenklich an.
Franzi nahm den Ring, den Marie auf den Nachttisch gelegt hatte. Im Schein der Lampe funkelte der Stein wunderschön.

»Ob den jemand hier beim Paddeln oder Baden verloren hat? Kim, hast du deine Lupe dabei?«
Kims Vater stellte Kuckucksuhren her und hatte ihr neulich eine seiner Lupen geschenkt.
»Zufällig ja.« Kim fischte die Lupe aus ihrem Beutel und hielt sie sich vor das Auge, das nun mehrfach vergrößert war. »Ich wollte damit ein bisschen die Natur bestaunen.«
»Hier, Fischauge!« Franzi lachte und gab Kim den Ring.
Nach genauerer Betrachtung sagte Kim: »Da sind zwei Buchstaben eingraviert. Ein A und ein T.«
»Sehr gut, dann haben wir einen ersten Hinweis auf den Besitzer«, sagte Franzi. »Aber wisst ihr was? Auch wenn der Ring wertvoll ist, diese Müllsache finde ich jetzt erst mal wichtiger.«
Marie legte seufzend ihr Handy zur Seite und setzte sich wieder auf. »Ich auch.«
Franzi ließ sich neben sie fallen und legte den Arm um ihre Schultern. »Auch wenn du vielleicht ein bisschen durcheinander bist, wir wollen dich nicht ärgern. Meine Sprüche waren nicht böse gemeint.«
Marie versuchte zu lächeln. »Weiß ich doch. Wollen wir jetzt schlafen und morgen den Müll auf Fingerabdrücke untersuchen? Und danach den Besitzer des Rings suchen?«
»Guter Plan, aber erst, nachdem wir gefrühstückt und Müll geangelt haben.« Kim gähnte und schnappte sich ihren Laptop.
Franzi schlüpfte in ihr rosafarbenes Schlafshirt und kroch unter die weiße Bettdecke. Die Matratze war genau richtig, nicht

zu weich und nicht zu hart. Franzi schloss die Augen und murmelte: »Gute Nacht.«
Sie hörte das Quaken von Fröschen in der Ferne und lauschte dem vertrauten Klang von Kims Tippen auf ihrer Laptoptastatur, dann schlief sie ein.

Detektivtagebuch von Kim Jülich
Donnerstag, 22:33 Uhr

Kaum machen die drei !!! einen Kurzurlaub an einem geheimnisvollen Fluss, schwimmt auch schon ein fetter Fisch vorbei. Nein, stimmt nicht, aber ein neuer Fall. Den Fisch müssen wir noch angeln beziehungsweise den Umweltsünder finden, der seinen Haus-Plastikmüll in den Fluss wirft und damit Natur und Tiere in Gefahr bringt.
Aber eins nach dem anderen: Wie geschickte Detektivinnen haben wir heute ein neues Fortbewegungsmittel erobert: das Stand-up-Paddle-Board, darauf paddelt man im Stehen. Es ist ähnlich wie ein Surfboard, nur ohne Segel. Dafür mit Paddel. Echt tricky, aber für das erste Mal hat es schon gut geklappt. Ansporn dazu war unser Wille, dem Schwan zu helfen, der an seinem Flügel eine Plastiktüte hängen hatte. Der Arme! Dank Franzis Einsatz ist er nun davon befreit. Auf unserer Schwan-Mission haben wir Fine kennengelernt, ein sechzehn Jahre altes Mädchen aus Schwanbach. Sie hat es sich zur Aufgabe gemacht, Müll aus dem Fluss zu angeln. Regelmäßig kommt sie mit dem Boot auf das Wasser und hat eine spezielle Angel dabei, die sie sich selbst gebaut hat. Daran befindet sich ein Widerhaken, der magnetisch ist. Damit fischt sie unzählige Dinge aus dem Fluss. Unfassbar, was Menschen alles wegwerfen! Und das, obwohl es in Deutschland eine Müllabfuhr gibt und auch viel wiederverwertet wird. Es gibt sogar gute Möglichkeiten, Sondermüll wie elektronische Geräte oder große Gegenstände zu Wertstoffhöfen zu bringen oder abholen zu lassen.

Als Franzi dann mal einfach probeweise die Angel ins Wasser gehalten hat, ist an dem Haken gleich ein Ring hängen geblieben. Gold ist nicht magnetisch, also war es Zufall, dass sie den Ring gefunden hat. Unglaublich, wir ziehen solche spannenden Zufälle wohl magisch an.
Und was dann auch noch passiert ist: Ein großer blauer Müllsack ist quasi mit der Strömung direkt zu uns gespült worden. Es handelt sich dabei um Plastik-Hausmüll, so was wie leere Puddingbecher, Wurstverpackungen, Tüten und so weiter. Es ist natürlich streng verboten, so etwas in Gewässern zu entsorgen. Jemand hat sich strafbar gemacht! Und diesen Jemand wollen wir finden!
Der erste Schritt wird morgen sein: auf den leeren Verpackungen nach Fingerabdrücken suchen.
Außerdem werden wir Fine beim Müllangeln helfen, während David und sein Vater Fische angeln ... Hmmm ... Dazu mehr im geheimen Tagebuch!

Geheimes Tagebuch von Kim Jülich
Donnerstag, 22:46 Uhr

► Dieses Tagebuch ist so geheim wie die Geheimnisse, die der Fluss unter seiner Oberfläche birgt. Wer trotzdem weiterliest, muss ab jetzt IMMER den Müll raustragen. Und zwar in die Tonne! ◄
Ich bin so aufgeregt! Und glücklich! Und aufgeregt! Und glücklich!
Dass Davids Vater uns gleich alle drei mitgenommen hat, finde ich super von ihm. Echt nett, dass er die Freundin seines Sohnes UND deren Freundinnen kennenlernen möchte. Jetzt wird mir auch immer klarer, warum David so ein freundlicher Mensch ist. Und nicht nur das! Er ist einfach total süß. Dass er jetzt gleich nebenan im Hausboot ist, ganz in meiner Nähe, das finde ich sehr schön. Vielleicht schläft er ja schon und träumt von sauren Gurken. Hehe.

Franzi und Marie schlummern bereits friedlich und ich bin auch ziemlich müde.
Marie hat ihr Handy genau neben ihrem Kopfkissen liegen. Leider befürchte ich, dass sie Jakob besser findet, als sie zugeben möchte. Das ist natürlich auch wirklich hart, denn eigentlich lief es zwischen ihr und Holger nach dem ganzen Stress mit Holgers Nachhilfelehrerin Lilo jetzt wieder besser. Na ja, vielleicht kommt sie durch unseren Müll-Fall auf andere Gedanken. Ich hoffe, dass wir den Umweltsünder bald finden. Es ist schrecklich, wenn Leute ihren Plastikmüll einfach in der Natur entsorgen. Der arme Schwan, ohne unsere Hilfe hätte er sich wohl eher nicht von der Tüte befreien können! Nicht auszudenken, was passiert wäre, wenn die Tüte sich um seinen Hals verfangen hätte! Wenn Plastik im Wasser rumschwimmt, ist das sowohl für Tiere als auch für die Umwelt schlimm! Warum strengen sich nicht alle so an wie Fine, um die Gewässer sauber zu halten? Und auch alles, was Mikroplastik enthält, sollte verboten werden!
Ich hoffe noch aus einem anderen Grund, dass wir den Schuldigen schnell finden: Auch wenn ich es liebe, mit Franzi und Marie zu ermitteln, der Kurzurlaub mit David und seinem Vater ist irgendwie nicht der richtige Zeitpunkt dafür! Am besten, ich schlafe jetzt mal, damit ich morgen ausgeruht bin. Ein aufgeweckter Geist ist unerlässlich, wenn man als Detektivin Fälle lösen will!

»Aufwachen!«, rief Marie etwas zu laut. Franzi fuhr erschrocken hoch. Sie rieb sich die Augen. »Welcher Geist ist denn in dich gefahren? Es ist doch noch mitten in der Nacht.«
»Ich hab schon Morgenyoga gemacht und die Sonne begrüßt«, flötete Marie.
Auch Kim wurde langsam wach. »Guten Morgen«, murmelte sie. Sie schlug die Augen auf und setzte sich hin. »Ich hatte kurz vergessen, dass wir mit David im Urlaub sind.« Energisch

warf sie die Bettdecke beiseite und streckte sich. Dann stand sie auf und schnappte ihren Kulturbeutel. »Ist es okay, wenn ich zuerst ins Bad gehe?«

»Klar.« Franzi lachte. »Wenn man mit seinem Freund Urlaub macht, muss man schon beim ersten Kakao aussehen wie aus dem Ei gepellt.«

Kim verzog das Gesicht zu einer Grimasse. »Genau, wer will schon mit einem Geist frühstücken?«

»Das war ein Frühstück nach meinem Geschmack. Kakao, Rührei und Schoko-Creme mit Brötchen hat alle meine Geister zum Leben erweckt«, sagte Kim zufrieden, als die drei Freundinnen auf dem Deck den Müll aus dem Sack holten. »Davids Frucht-Smoothie war auch vorzüglich.«

»Und das alles an Deck eines Hausbootes mit blauem Himmel, Sonne und glitzerndem Wasser vor der Nase. Besser kann man nicht in den Tag starten«, freute sich Franzi, aber dann verdunkelte sich ihre Miene. »Warum verschmutzen Menschen die Natur?«

»Dieser Mensch hier isst viel Pudding und Würstchen.« Marie deutete auf die leeren Plastikverpackungen, die ausgebreitet vor ihnen lagen.

Kim holte ihr Fingerabdruckset aus der Kabine und begann, die Pudding-Verpackung mit Grafitpulver einzupinseln. Auf die Abdrücke, die sichtbar wurden, drückte Franzi Klebeband. Das Grafitpulver blieb daran kleben und so konnte sie die Abdrücke in Kims Notizbuch übertragen.

Kim klappte das Buch zu. Sie blickte auf den Fluss, wo David und sein Vater bereits wieder auf dem Boot saßen. »Wir sollten uns später mal in Schwanbach umsehen, denn hier sehe ich weit und breit keine Täter, die infrage kommen.«
»Guter Plan«, meinte Franzi und hielt ihren Freundinnen Neoprenanzüge vor die Nase.

Franzi legte das SUP-Board auf das Wasser und kniete sich darauf. Schnell kam sie in den Stand und auch Marie gelang es nach wenigen Versuchen. Kim hauchte David Handküsse zu.
»Übrigens haben größere Boote und Schiffe immer Vorfahrt«, erklärte Franzi. »Deshalb müssen wir unbedingt noch üben, wie man schnell abdreht oder bremst. Aber hier, an diesem kleinen Seitenarm des Flusses, gibt es wohl nur David und seinen Vater, Fine und Kanuten.« Franzi winkte einem Mann zu, der in einem Kanu vorbeipaddelte.
Auch Kim kam in den Stand und die drei !!! paddelten los.
»Dahinten ist Fine!«, rief Marie.
Kim hörte auf zu paddeln und wurde langsamer.
»Guten Morgen, ihr drei.« Fine lächelte. Sie stand barfuß in ihrem Boot und trank einen Schluck aus ihrer Wasserflasche. Mit dem Handrücken wischte sie sich den Mund ab. »Bereit?«
»Ja, klar. Wollen wir die Boards ans Ufer legen und mit aufs Boot?«, schlug Kim vor. »So sicher fühle ich mich noch nicht, als dass ich jetzt Müll angeln könnte.«
Kim, Franzi und Marie paddelten zu einer flachen Stelle am Ufer, legten die SUP-Boards ab und stiegen zu Fine ins Boot.

Bei schönstem Sonnenschein wechselten die vier Mädchen sich mit den zwei Angeln nun ab.
»Habt ihr schon etwas zum Thema Ring rausgefunden?«, erkundigte sich Fine.
»Es gibt eine ganz kleine Gravur auf der Innenseite: AT«, berichtete Franzi.
Fine überlegte und schüttelte den Kopf. »Das sagt mir nichts.« Sie zog ihre Angel aus dem Wasser. Daran hing ein alter, verbogener Tennisschläger.
Nach einer Stunde Müllangeln hatten sie noch ein Kinderfahrrad und ein altes Radio aus dem Wasser gefischt. Außerdem mehrere Schuhe, alte Töpfe und Pfannen und sogar einen alten, mit Algen bewachsenen Fernseher.
Nach einer Weile versuchte Fine, etwas an Bord zu ziehen, aber es klappte nicht. »Helft ihr mir mal?«
Die drei !!! packten mit an. Etwas Metallenes kam an die Wasseroberfläche und schließlich zogen sie einen verrosteten Einkaufswagen an Bord.
»Unfassbar«, ärgerte sich Kim.
»Was ist das denn?« Franzi zeigte auf einen weiteren blauen Müllsack, der auf sie zutrieb.
»Der scheint wieder voll mit Hausmüll zu sein«, stellte Marie fest, nachdem sie ihn mit der Angel herangezogen hatte.
»Ja, das ist kompletter Wahnsinn!«, ärgerte sich Franzi.

Umweltsünder

»Wir müssen jetzt schnellstmöglich herausfinden, wer seinen Müll im Fluss entsorgt«, sagte Franzi entschieden.
»David hat doch erzählt, dass der kleine Tante-Emma-Laden so toll ist«, fiel Kim wieder ein. »Vielleicht können wir uns da mal umsehen?«
»Ja, das machen wir.« Marie untersuchte den verrosteten Einkaufswagen. »Vielleicht kommt der ja auch daher?«
»Der Tante-Emma-Laden wird von Ehepaar Schulte betrieben«, berichtete Fine.
»Wie wäre es, wenn wir ihn zurückbringen und bei der Gelegenheit auch gleich noch für das Abendessen einkaufen?«, schlug Kim vor. »Ich glaube nicht, dass David heute einen Fisch angelt.«
»Im Ort können wir uns auch umschauen, damit der Ring seinen rechtmäßigen Besitzer wiederfindet«, meinte Marie.
Fine hatte mit einem großen Paddel bereits ihr Boot in Bewegung gesetzt. Am Ufer angekommen, sprangen die Freundinnen hinunter. Mit vereinten Kräften hoben sie den Einkaufs-

wagen vom Boot und stellten ihn auf den kleinen Weg, der entlang des Flusses zu den Hausbooten führte.
»Wir nehmen den Müllsack mit, okay?«, fragte Kim.
Fine nickte. »Ich rufe meinen Onkel an, der hat einen kleinen Transporter und hilft mir, die anderen Fundstücke zum Wertstoffhof zu bringen.«
Sie verabschiedeten sich.
Kim legte ihr SUP-Board schräg über den Einkaufswagen und schob diesen mit aller Kraft über den erdigen Weg. Sie stöhnte. »Puh, die Dinger sind echt nur für glatte Böden gemacht.«
»Zu den Hausbooten ist es zum Glück nicht weit.« Marie klemmte sich ihr Board unter den Arm.
Franzi paddelte auf dem Wasser neben ihnen her.

Die Freundinnen nahmen erneut Fingerabdrücke von den Plastikverpackungen. Es war keine große Überraschung, dass diese mit denen aus dem ersten Müllsack übereinstimmten.
Nachdem sie sich umgezogen hatten, machten sie sich mit dem Einkaufswagen auf den Weg ins Dorf. Zunächst kamen sie an einem Sportplatz vorbei, auf dem einige Jugendliche Fußball spielten. Sie bogen rechts ab und liefen auf die Dorfkirche zu.
»Da ist es.« Gegenüber der Kirche hatte Franzi den Tante-Emma-Laden entdeckt.
Ein grauhaariger Mann mit einer Schürze stand vor dem Geschäft und sortierte die Äpfel. Als er die Freundinnen mit dem Einkaufswagen kommen sah, zog er die Augenbrauen hoch. »Woher kommt der denn?«

»Den haben wir gerade aus dem Fluss gefischt.« Franzi deutete auf einige Algenreste am Griff.
»Das gibt es ja nicht.« Der Mann schüttelte den Kopf. »Ich habe vor einigen Wochen bemerkt, dass ein Wagen fehlt.«
»Guten Tag, Herr Schulte.« Ein braun gebrannter Mann in kurzer Hose ging an ihnen vorbei und betrat das Geschäft.
»Hallo, Herr Fricke«, antwortete der Ladenbesitzer und drehte sich wieder zu den Detektivinnen. »Danke, dass ihr mir den Wagen gebracht habt.« Herr Schulte schob den Einkaufswagen neben den Fahrradständer. »Ich muss mal sehen, ob ich den noch restaurieren kann.« Er lächelte. »Darf ich euch zum Dank einen Lolli oder eine Tafel Schokolade schenken?«
»Ja, gerne«, sagte Kim, die Süßigkeiten über alles liebte.
Zusammen mit dem Verkäufer betraten die Detektivinnen das Geschäft. Der braun gebrannte Mann hatte nur wenige Artikel in seinem Einkaufswagen und schob diesen bereits zur Kasse. Franzi schätzte ihn auf Ende vierzig. Ihr Blick blieb am Inhalt seines Einkaufwagens hängen. Darin befand sich eine Doppelpackung Schokopudding, genau von der Marke, die sie in der Mülltüte gefunden hatten. War das Zufall? Sie beobachtete, wie der Mann seinen Einkauf auf das Band legte.
Der Verkäufer nahm auf einem Hocker hinter der Kasse Platz und scannte die Waren ein. »Und? Wird heute wieder der Grill angeschmissen?«
»Jau! Bei dem Wetter ist das herrlich«, antwortete Herr Fricke. Er bezahlte und zog eine Plastiktüte aus der Hosentasche, in welche er seine Einkäufe einpackte.

»Den sollten wir unter die Lupe nehmen«, raunte Franzi ihren Freundinnen zu, als Herr Fricke an ihnen vorbei aus dem Geschäft verschwand.
Nun wandte sich Herr Schulte wieder den Detektivinnen zu. »Ihr sucht euch einfach was Leckeres aus. Das geht alles aufs Haus. Und dann könnt ihr mir noch mal ganz genau erzählen, an welcher Stelle im Fluss der Einkaufswagen lag.«
Franzi lächelte entschuldigend. »Wir müssen jetzt ganz dringend los.«
Sie lief zur Tür.
»Aber wir kommen später wieder«, versprach Kim und folgte Franzi. »Ich hätte so gern einen Lolli gehabt«, raunte sie ihr zu.
»Tschüss und danke.« Marie folgte den beiden.
Die Detektivinnen beobachteten, wie der Mann die Straße hinunter in die Richtung ging, aus der sie gekommen waren. Mit Abstand nahmen sie die Verfolgung auf. Ihr Weg führte sie an der Einfahrt zu den Hausbooten vorbei. Herr Fricke bog auf einen Weg ab, der direkt am Fluss entlangführte, und lief schließlich durch eine Gartentür auf ein kleines Grundstück. Darauf stand ein kleiner Flachbau mit einer Fensterfront Richtung Fluss.
Die Freundinnen versteckten sich hinter einer großen Pappel. Franzi zog ihr Fernglas aus der Tasche. »Er ist gerade in einen kleinen Schuppen links neben dem Haus gegangen«, kommentierte sie, »jetzt kommt er wieder raus. Er hat einen Grill dabei. Jetzt reißt er die Würstchenpackung auf und lässt die

Würstchen auf den Grill gleiten.« Franzi sah auf. »Anscheinend ein Elektrogrill.« Sie guckte wieder durch das Fernglas.
»Du könntest Sportkommentatorin werden«, sagte Marie und lachte.
Sie beobachteten, wie Herr Fricke pfeifend durch die Pforte seines Zauns kam. Schnell gingen sie wieder in Deckung und lugten vorsichtig an der Pappel vorbei.
Der Mann ging auf das Wasser zu und feuerte die Verpackung der Würstchen hinein.
»Das kann ich nicht mit ansehen!« Ohne zu zögern, sprang Franzi hinter der Pappel hervor und lief auf Fricke zu. »Was machen Sie da?«
Auch Kim und Marie verließen das Versteck.
»Das Gleiche könnte ich euch fragen«, konterte der Mann. Er setzte sich die Kapuze seines Pullovers auf.
»Wir haben gesehen, wie sie Plastikmüll ins Wasser geworfen haben.« Franzi merkte, dass die Wut in ihrem Bauch immer größer wurde. »Und zwar absichtlich!«
»So ein Quatsch, das ist mir nur aus der Hand gerutscht«, behauptete Herr Fricke. »Ganz schön frech von euch, jemanden einfach so zu beschuldigen.«
Franzi atmete tief ein. Sie musste die Fassung bewahren, denn der Typ war sicher mit allen Wassern gewaschen.
Marie hob einen Ast auf und versuchte, die Verpackung, die am Rand zwischen den Zweigen einer Trauerweide hängen geblieben war, zu angeln. Es gelang ihr. Sie nahm sie in die Hand.
»Das ist ein Beweismittel«, erklärte sie.

Bedrohlich kam der Mann näher und schnappte ihr die Verpackung aus der Hand. »Ich werfe das mal weg. Und ihr solltet jetzt gehen.« Er drehte sich um und verschwand wieder auf seinem Grundstück.

»Kommt, wir tun so, als würden wir verschwinden«, raunte Kim. Sie zog Franzi hinter sich her.

»Wir brauchen einen Plan. Denkt ihr auch, dass er die Säcke in den Fluss geworfen hat?«, fragte Franzi.

Kim nickte. »Ja, ich bin mir ziemlich sicher.«

Nachdem sie ein paar Schritte gegangen waren, entdeckte Marie einen kleinen Trampelpfad. »Der führt bestimmt zur Rückseite seiner Laube.«

Die Mädchen vergewisserten sich, dass der Mann nicht guckte, und liefen zwischen einigen Birken hindurch. Die Büsche und Bäume wurden dichter.

»Das ist ja wie auf Safari«, flüsterte Kim, »nur dass wir leider keine Affen sehen.«

Die Laube kam in Sicht. Die Mädchen schlichen sich an. Der Mann hatte sich nun gemütlich auf einen Klappstuhl neben seinen Grill gesetzt.

»Wollen wir uns mal in dem Schuppen umsehen?«, wisperte Marie.

Kim wiegte den Kopf hin und her. Der kühle Kopf des Detektivclubs war immer besonders vorsichtig, wenn es um Aktionen ging, die verboten waren.

»Der Typ verschmutzt womöglich die Umwelt mit seinem ganzen Plastik«, flüsterte Franzi.

»Das müssen wir aufklären, Kim«, stimmte Marie sofort zu.
»Na gut, ihr habt recht«, flüsterte Kim.
Auf leisen Sohlen schlichen die Mädchen näher an das Grundstück heran. Die Tür zum Schuppen war angelehnt, und der Zaun, der das Grundstück umgab, war nicht sehr hoch.
Franzi achtete darauf, wo sie hintrat. Ein falscher Schritt auf einen Ast, der knackte, könnte sie verraten.
Sie schafften es, über den Zaun zu steigen, und huschten nacheinander in den Schuppen. Franzi zog die Tür zu. Langsam gewöhnten sich ihre Augen an die Dunkelheit. An einer Wand des Schuppens, der nicht größer war als das Bad im Hausboot, stand ein Regal mit Werkzeugen, neben ihr befand sich ein Rasenmäher.
Kim, die unter Platzangst litt, starrte mit großen Augen in die Dunkelheit.
»Kim, denk dran, ganz ruhig und langsam atmen«, wisperte Marie und strich beruhigend über ihren Arm.
Franzi machte einen Schritt zurück, dabei raschelte es. Die Freundinnen sahen sich erschrocken an. Im selben Moment waren Schritte zu hören und die Tür ging einen Spaltbreit auf. Die Detektivinnen hielten den Atem an. Herr Fricke warf etwas in den Schuppen, dann entfernte er sich wieder.
»Das war knapp«, sagte Kim leise.
Franzi fischte ihr Handy aus der Tasche und schaltete die Taschenlampe an.
Sie leuchtete den Boden ab. Ein blauer Müllsack strahlte ihnen entgegen.

Marie hob die Würstchenverpackung auf, die Fricke anscheinend gerade hier hereingeworfen hatte.
»Kim, keine Angst, wir verschwinden gleich wieder«, flüsterte Marie, während sie ihr Fingerabdruckset, das sie in einer silbernen Dose aufbewahrte, aus dem Beutel holte. In Windeseile pinselte sie die Würstchenverpackung mit Grafitpulver ein.
»Okay.« Kim versuchte, ruhig zu atmen.
Franzi nahm Klebeband aus dem Döschen, klebte es auf die sichtbar gewordenen Fingerabdrücke und zog sie damit ab.
Kim hatte derweil ihr Notizbuch hervorgeholt und schlug die passende Seite auf. Vorsichtig klebte Franzi die Abdrücke neben die, die sie auf den Pudding-Verpackungen gefunden hatten.
Franzi leuchtete darauf. »Eindeutig dieselben!«
Kim zog ihr Handy aus der Tasche. »Ich rufe die Polizei an.«
Während sie im Flüsterton telefonierte, lugte Franzi durch einen Schlitz zwischen zwei Holzlatten. »Oh nein, er kommt näher«, wisperte sie.

Noch ein Fall

»In der Nähe der Hausboote«, flüsterte Kim in ihr Handy. »Ich muss Schluss machen.« Sie steckte ihr Handy ein. »Die Polizei ist auf dem Weg.«
Im selben Moment ging die Tür des Schuppens wieder auf. Das Tageslicht blendete Franzi einen kurzen Moment, dann sah sie in das wutverzerrte Gesicht von Herrn Fricke. »Ihr habt hier nichts zu suchen!«, wetterte er los. »Was wollt ihr? Warum habt ihr euch in meinem Schuppen versteckt?«
»Wir sind Vogelschützerinnen und haben gerade eine seltene Eulenart beobachtet. Sie ist hier in den Schuppen geflogen, muss aber vor hellem Licht geschützt werden«, sagte Marie ernst. Schnell trat sie aus dem Schuppen, zog Franzi und Kim mit und machte die Tür wieder zu.
Maries Vater Helmut Grevenbroich war ein bekannter Schauspieler. Er spielte den Kommissar Brockmeier in der bekannten Vorabendserie *Vorstadtwache*. Marie hatte sein schauspielerisches Talent geerbt und schon viele Gelegenheiten gehabt, es zu verfeinern. Denn nicht selten gerieten die Detektivinnen bei

ihren Ermittlungen in brenzlige Situationen, aus denen Marie sie mit ihren Schauspielkünsten rettete.
»Aha«, knurrte der Mann ungläubig. »Und das soll ich euch abnehmen?«
»Klar, was sollten wir denn sonst hier machen?«, antwortete Marie unschuldig.
Franzi wollte dem Typ am liebsten gleich das Handwerk legen, aber sie musste zugeben, dass es vielleicht gefährlich werden könnte, wenn sie ihm jetzt sagen würden, was sie über ihn herausgefunden hatten. Es war sicher besser, auf die Polizei zu warten. Hoffentlich würde die gleich kommen.
»Oder wolltet ihr was klauen?«, fragte der Mann. Dabei zog er die braun gebrannte Stirn kraus. »Hier gibt es nämlich nichts.«
»Am besten, Sie lassen die Eule im Schuppen und machen in der Dämmerung die Tür auf, sodass sie wieder rausfliegen kann«, erklärte Marie und schob sich an Herrn Fricke vorbei.
Kim und Franzi folgten ihr.
»Und dafür begeht ihr Hausfriedensbruch?«, motzte der Mann. »Für eine olle Eule?«
»Für die Umwelt und die Gesundheit der Tiere würden wir fast alles tun«, konterte Franzi, die sich kaum noch zusammenreißen konnte. »Im Gegensatz zu Ihnen.«
»Was soll denn das heißen?« Der Mann kam näher.
Die Detektivinnen wichen einen Schritt zurück.
»Gestern haben wir einem Schwan geholfen, an dessen Flügel sich eine Plastiktüte befand«, berichtete Marie mit fester Stimme.

»Mein lieber Schwan!« Er lachte bitter.
»Sie haben einen großen Sack mit Plastikmüll im Fluss entsorgt«, platzte Franzi heraus.
Kim stieß sie von der Seite an.
Franzi kam nun richtig in Fahrt. »Ist mir egal, Kim, wann die Polizei kommt.«
»Hier bin ich!« Eine Frau mit kinnlangen braunen Haaren in Jeans und Leinenbluse kam über die Wiese auf sie zu. »Ich bin Tara Weiß«, stellte sie sich den Mädchen vor. »Ihr habt mich angerufen?«
Kim atmete auf. »Ja, ich bin Kim. Und das sind Franzi und Marie. Wir wissen, dass Herr Fricke seinen Plastikmüll im Fluss entsorgt.«
Der Mann lachte auf. »So ein Quatsch, Tara. Die Mädels sind total übergeschnappt.«
Kim holte ihr Notizbuch hervor. »Diese Fingerabdrücke waren auf Verpackungen, die wir gestern im Fluss gefunden haben. Es sind eindeutig die von Herrn Fricke.«
»Stimmt das, Peter?«, fragte die Polizistin, aber Herr Fricke antwortete nicht, sondern zeterte stattdessen drauflos: »Habt ihr die Geschichte mit der Eule also nur erfunden, um mir nachzuspionieren, ja?«
»Dann sagen die Mädchen also die Wahrheit?« Frau Weiß sah den Mann eindringlich an.
»Ist das nicht meine Sache, wo ich meinen Müll entsorge?«, fragte er.
Die drei !!! und Tara Weiß schüttelten entschieden den Kopf.

»Die Müllabfuhr ist viel zu teuer, das kann sich doch kein normaler Mensch leisten«, versuchte Peter Fricke sich jetzt rauszureden.
»Wir können froh sein, dass wir in Deutschland ein gutes Müllabfuhr-System haben. Und vieles wird recycelt«, sagte Franzi. »In anderen Ländern gibt es nicht so eine gute Infrastruktur.«
»Infrastruktur?«, flüsterte Marie.
»Das ist die Ausstattung eines Landes, die zum Funktionieren der Wirtschaft beiträgt. Auch Straßen, Häuser, Brücken, Strom, Kanalisation und so weiter«, erklärte Kim.
»Und dass das nicht alles umsonst ist und jeder sich irgendwie nach seinen Mitteln daran beteiligen sollte, müsste ja wohl einleuchten«, ergänzte Franzi.
»Wie wäre es, wenn Sie zum Beispiel den Pudding selbst kochen?«, schlug Marie vor. »Das spart Geld und Plastik.«
»Das wäre ein guter Anfang«, bekräftigte Kommissarin Weiß. »Und bitte kümmere dich um die Müllabfuhr. Dein Vergehen muss ich leider zur Anzeige bringen, Peter. Du musst mit einer Geldstrafe rechnen.«
Der Mann verschränkte die Arme vor der Brust. »Und ich muss euch jetzt bitten, mein Grundstück zu verlassen.«
Zusammen mit Tara Weiß liefen die drei !!! anschließend in Richtung der Hausboote.
»Wie seid ihr Peter Fricke denn überhaupt auf die Spur gekommen?«, erkundigte sich die Polizistin.
Tara Weiß hörte interessiert zu, während die Detektivinnen alles berichteten.

»Ganz schön clever«, staunte sie.
Franzi fischte den Ring aus ihrem Portemonnaie. »Den haben wir auch geangelt.«
»Innen gibt es eine Gravur, und zwar die Buchstaben A und T«, berichtete Kim. »Haben Sie eine Idee, wem dieser Ring gehören könnte?«
Tara Weiß nahm den Ring in die Hand und betrachtete ihn von allen Seiten. »Das ist ja unglaublich. Ja, ich glaube, ich weiß, wem er gehört. Und zwar Astrid Menzel. Sie hat vor einigen Wochen einen Teil ihres Schmucks als gestohlen gemeldet und wir haben bis jetzt weder Hinweise auf den Täter oder die Täterin noch auf den Schmuck selbst gefunden. In diesem Fall stehen wir wirklich auf der Leitung.«
Die Detektivinnen sahen sich aufgeregt an.
»Lebt Frau Menzel also in Schwanbach?«, fragte Franzi.
»Ja, in der Villa Schwanstein, gar nicht weit von hier«, berichtete die Polizistin. »Frau Menzel hat eine Rechtsanwaltskanzlei, aber vielleicht ist sie ja schon zu Hause. Wir sollten ihr den Ring am besten gleich zurückbringen.«

Nach einem kleinen Fußmarsch am Fluss entlang, wo sie auch den angelnden David und seinen Vater kurz mit Tara Weiß bekannt gemacht und ihnen von dem aufgeklärten Müll-Detektivfall erzählt hatten, endete der Weg an einem hohen, schön geschwungenen Zaun. Dahinter befand sich ein großer Garten mit einer gepflegten Rasenfläche. Das Grundstück lag direkt am Fluss und war von alten, knorrigen Bäumen umgeben. Es hatte einen eigenen Steg mit einem Motorboot. Auf einem kleinen Hügel thronte eine alte, schneeweiße Villa. Rundherum wuchsen dichte Hecken mit blühenden Rosen. Ein Glockenspiel hing an einem Baum. Die Klänge vermischten sich mit dem Rauschen der Blätter und dem Gezwitscher der Vögel.

»Das sieht toll aus! So stelle ich mir die Villa in einem Geisterroman vor!«, sagte Kim.

An dem hohen Zaun führte ein Weg direkt zu einem Tor. Die Klingel befand sich außen. Tara Weiß drückte auf den Knopf.

»Ja, bitte?«, fragte eine Frauenstimme aus der Gegensprechanlage.

»Hallo, Frau Menzel, hier ist Tara Weiß. Ich habe drei Mädchen und eine Überraschung im Gepäck.« Sie zwinkerte den Freundinnen zu.

Ein Summer ertönte und die Tür ließ sich aufdrücken. Die Treppe, die zur Eingangstür hinaufführte, war gesäumt von Blumentöpfen. Eine Frau, die Franzi auf Ende fünfzig schätzte, öffnete die schwere Holztür. Sie trug eine weite Stoffhose und eine graue Bluse. Ihre braunen Haare hatte sie hochgesteckt. Eine goldene Kette mit einem funkelnden grünen Stein schmückte ihren Hals.

»Guten Tag, Frau Weiß.« Sie lächelte und sah die Freundinnen neugierig an. »Wer seid ihr denn?«

»Ich bin Franzi, und das sind Kim und Marie.« Franzi öffnete ihre Hand, in der sie die ganze Zeit den Ring gehalten hatte. »Wir haben gestern diesen Ring gefunden und von Frau Weiß gerade erfahren, dass er Ihnen gehört?«

Die Frau kam die Treppe heruntergelaufen. »Das gibt es doch nicht!« Strahlend nahm sie das Schmuckstück entgegen. »Wo habt ihr ihn denn gefunden?«
»Ich habe ihn aus dem Fluss geangelt«, berichtete Franzi. »Er hing zufällig am Haken.«
Frau Menzel drehte den Ring in ihrer Hand hin und her und schüttelte ungläubig den Kopf. »Nicht zu fassen.«
Eine junge Frau mit langen Haaren steckte den Kopf aus der Tür. »Guten Tag«, sagte sie überrascht.
»Hallo«, antworteten die drei Detektivinnen gleichzeitig.
»Das ist meine Tochter Hannah«, stellte Frau Menzel sie vor. »Und das sind Kim, Franzi und Marie. Sie haben den Ring im Fluss gefunden.«
»Im Fluss?« Ein großer schlanker Mann mit eisblauen Augen erschien neben Hannah.
»Und das ist Fabian Weste, mein zukünftiger Schwiegersohn«, fügte Frau Menzel hinzu.
Fabian hob die Hand zum Gruß. »Hi. Wie kommt der Ring denn in den Fluss?«
»Das wüssten wir auch gern«, bekräftigte Kim.
Frau Menzel umschloss den Ring mit den Fingern. »Ich habe gerade frischen Ingwer-Zitronen-Tee gemacht. Darf ich euch einladen?«
»Ich muss leider wieder auf die Wache«, bedauerte die Polizistin.
Die Detektivinnen tauschten einen Blick.
»Wir nehmen die Einladung sehr gern an«, sagte Franzi.

Die Mädchen verabschiedeten sich von Frau Weiß und betraten die Villa Schwanstein. Im hellen Eingangsbereich hing ein großer Kronleuchter. Sie folgten Frau Menzel durch den Flur. Ihre Schritte wurden von einem dicken Teppich abgefedert.
»Seid ihr zu Besuch in Schwanbach?«, fragte Hannah, die ihnen die Glastür zum großen, lichtdurchfluteten Wohnbereich aufhielt.
»Ja, wir wohnen in den Hausbooten«, berichtete Marie.
Sie staunten, als sie das Wohnzimmer betraten. Der Raum war sehr hoch, die Fenster mit Blick auf den Fluss gingen von dem glänzenden alten Parkettboden bis unter die Decke, die mit Stuck verziert war. In der Mitte des Raumes stand ein wunderschöner Flügel, an der Wand befanden sich ein großes graues Sofa und passende Sessel.
»Wer spielt von Ihnen Klavier?«, erkundigte sich Marie.
»Hannah«, sagte Fabian. »Und zwar sehr gut.« Er lächelte.
»Und wie habt ihr den Ring gefunden?«
»Mit einer Müllangel«, antwortete Franzi.
»Ihr angelt Müll?« Fabian nahm sich einen Stuhl. »Dann war der Ring ja ein echter Glückstreffer.«
Kim, Franzi und Marie setzten sich auf das Sofa.
Frau Menzel kam mit einem Tablett dazu. Fabian sprang auf und nahm es ihr ab. Zusammen mit Hannah verteilte er Becher und goss den Tee ein. »Was findet man da noch so?«
»Sonst tatsächlich nur Müll.« Marie griff nach dem dampfenden Becher. »Dinge, die die Leute nicht mehr brauchen und die sie in den Fluss werfen.«

»Also das ist wirklich toll, dass ihr das macht«, sagte Frau Menzel und zog sich in einen Sessel heran.
Hannah nickte. »Unfassbar, dass Menschen so viel in den Fluss werfen. Das hätte ich nicht gedacht.«
»Haben Sie eine Ahnung, wie der Ring in den Fluss gekommen sein könnte?«, wollte Kim wissen.
Frau Menzel schüttelte den Kopf. »Keinen blassen Schimmer. Der Ring, eine Kette und eine Brosche wurden aus meiner Schmuckschatulle gestohlen, doch der Täter oder die Täterin hat keine Spuren hinterlassen.«
»Die Polizei hat alles auseinandergenommen«, ergänzte Fabian, »aber nichts gefunden.«
»Es müssen echte Profis am Werk gewesen sein«, ergänze Hannah und nippte an ihrem Tee. »Echt unheimlich, dass sie hier in der Villa waren.«
Die drei !!! tauschten einen Blick, dann zog Franzi ein silbernes Döschen aus ihrem Beutel. Sie klappte es auf und überreichte Frau Menzel eine Karte.

Diese setzte ihre Brille auf, die neben dem Sofa auf einem Glastisch lag. »Ihr seid Detektivinnen?«
Fabian nahm ihr die Karte aus der Hand. »Tatsächlich.«
»Wir haben bereits über neunzig Fälle erfolgreich gelöst«, berichtete Kim.
»Sogar hier in Schwanbach haben wir schon einen Täter überführt«, ergänzte Marie.
»Ich wusste gar nicht, dass man in Schwanbach Fälle lösen kann«, witzelte Fabian, wurde dann aber wieder ernst. »Was war das denn für ein Fall?«
»Jemand hat einen Sack voller Plastik-Hausmüll in den Fluss geworfen.« Franzi merkte, wie sie das Thema immer noch aufregte. »Einfach so, weil er keine Lust hatte, die Kosten für die Müllabfuhr zu zahlen.«
»Und ihr habt den echt dingfest gemacht?«, erkundigte sich Fabian.
Franzi nickte und wandte sich an Frau Menzel. »Und jetzt könnten wir Ihnen dabei helfen, herauszufinden, was mit dem Ring passiert ist.«
»Außerdem würden wir versuchen, den Täter oder die Täterin und den anderen vermissten Schmuck zu finden«, sagte Marie.
Hannah klatschte sich auf die Oberschenkel. »Also ich finde das super! Wer weiß, vielleicht kommen Kim, Franzi und Marie noch mal auf ganz andere Ideen als die Polizei?«
Frau Menzel nickte. »Ja, ich würde das Angebot sehr gern annehmen. Aber eins ist mir wichtig: Kein Schatz der Welt ist es wert, sich dafür in Gefahr zu begeben.«

Familiengeheimnisse

»Das wissen wir«, sagte Kim. »Machen Sie sich keine Sorgen, wir sind immer sehr vorsichtig.«

»Gut, dann freue ich mich, wenn ihr mir helft.« Frau Menzel legte die Visitenkarte unter den Fuß eines antiken Kerzenleuchters, der auf einem Tisch neben ihr stand.

Die Detektivinnen tauschten einen zufriedenen Blick.

Kim zog ihr Notizbuch aus ihrem Beutel und klappte es auf. »Zunächst bräuchten wir eine genaue Beschreibung der vermissten Schmuckstücke.«

»Was genau wird vermisst? Wie alt ist es und wie wertvoll?«, ergänzte Marie.

»Oder haben Sie vielleicht Fotos davon?«, fragte Franzi.

»Ich muss noch arbeiten«, erklärte Fabian. Er nahm den letzten Schluck seines Tees und stand auf. »Oder braucht ihr mich noch?«

Marie schüttelte den Kopf. »Ich denke nicht.«

»Als was arbeiten Sie?«, fragte Kim.

»Sagt ruhig *Du* zu mir. Ich programmiere Websites.« Fabian

gab Hannah einen Kuss und verschwand durch die große Glastür.
Hannah holte ein schwarzes Lederportemonnaie aus ihrer Handtasche, die neben ihr auf dem Sofa lag. Daraus fischte sie ein Foto. »Das ist die Kette.« Sie reichte Marie das Bild. Kim und Franzi schauten über ihre Schulter. Auf dem Foto waren Hannah und Fabian auf dem Motorboot zu sehen. Im Hintergrund glitzerte der Fluss. Hannah sah Fabian verliebt an, er schaute verträumt in die Ferne. Um ihren Hals hing eine goldene Kette mit einem Diamant-Anhänger, der im rötlichen Licht der untergehenden Sonne golden funkelte.
»Schönes Bild!«, sagte Marie.
Hannah strahlte. »An dem Tag hat Fabian mir einen Heiratsantrag gemacht.«
Frau Menzel nickte stolz. »Ich hatte Hannah die Kette geliehen, sie hat bestimmt Glück gebracht.«
»Und was ist dann mit der Kette passiert?«, wollte Kim wissen.
Frau Menzel öffnete ihre Hand, in der sie noch immer den Ring hielt. »Ich bewahre meinen sehr kostbaren Schmuck in einer alten Schatulle auf. Sie steht in meinem Schlafzimmer. Wir haben die Kette wieder hineingelegt. Zu der Brosche und dem Ring.«
»Das war vor drei Monaten«, ergänzte Hannah.
»Und als ich dann vor sieben Wochen wieder in die Schatulle guckte, waren die drei Schmuckstücke verschwunden.«
»Wir haben also leider keine Ahnung, wann der Schmuck ge-

stohlen wurde«, fuhr Frau Menzel fort. »Und Frau Weiß und ihr Kollege haben weder Fingerabdrücke noch Einbruchsspuren gefunden.«

»Es muss also ein Profi am Werk gewesen sein.« Kim klappte ihr Notizbuch zu. Sie tippte auf das Bild, das Marie noch immer in der Hand hielt. »Darf ich ein Foto vom Foto machen?«

»Ich habe es auch auf meinem Handy. Wenn ihr es nur für eure Ermittlungen verwendet, kann ich es dir gern schicken.« Hannah nahm die Visitenkarte der drei !!! in die Hand und tippte Kims Nummer ein.

»Natürlich. Wir behandeln alles diskret und vertraulich«, erklärte Kim. Ihr Handy piepte. Sie warf einen Blick auf das Display. »Danke.«

Marie nahm den letzten Schluck ihres Tees und stellte den Becher zurück auf das Tablett. »Dürfen wir uns mal umsehen?«

»Na klar!« Frau Menzel stand auf und lief zur Treppe.

Bei jedem Schritt knarrte das Holz, als sie die Stufen nach oben stiegen. Im ersten Stock befand sich ein langer Flur, von dem mehrere Zimmertüren abgingen. Die erste Tür war das Schlafzimmer von Frau Menzel. Ein Doppelbett stand in der Mitte des Raums.

Marie deutete auf das Bett. »Ich will nicht indiskret sein, aber lebt hier noch jemand außer Ihnen, Ihrer Tochter und deren Verlobtem?«

Frau Menzel schüttelte den Kopf. »Mein Mann und ich haben uns scheiden lassen.«

Ein Windhauch kam durch das geöffnete Fenster. Der weiße

Vorhang flatterte im Wind. »Kann es sein, dass der Dieb durch das Fenster gekommen ist?«, fragte Franzi.
Frau Menzel schüttelte den Kopf. »Ich mache immer alle Fenster zu, wenn ich das Haus verlasse.«
»Vielleicht war der Dieb auch hier, als sie zu Hause waren?«, überlegte Marie.
Frau Menzel schauderte. »Das möchte ich mir gar nicht vorstellen.«
Von einem antiken Schminktisch mit Spiegel nahm sie eine kleine Truhe aus dunklem Holz. »Darin ist ein Teil meines Schmucks. Ihr könnt sie euch gern ansehen.«
Aus ihrem Beutel holte Kim Baumwollhandschuhe, die sie überstreifte, um selbst keine Fingerabdrücke zu hinterlassen. Frau Menzel reichte ihr die Schatulle. Vorsichtig klappte Kim diese auf. Innen war sie mit rotem Samt ausgekleidet. Es gab verschiedene kleine Fächer. In einem funkelten Ohrringe, in einem anderen lag eine Brosche. Es gab einen doppelten Boden, den man an einer Schlaufe anheben konnte, darunter befand sich eine Perlenkette.
»Auch wenn die Polizei bereits nach Abdrücken gesucht hat, dürften wir das sicherheitshalber noch mal wiederholen?«, erkundigte sich Marie.
»Na klar.« Frau Menzel lächelte. »Ich wollte immer schon mal sehen, wie das mit den Abdrücken funktioniert.«
Unter den gespannten Blicken ihrer Auftraggeberinnen arbeiteten die Detektivinnen Hand in Hand. Schnell hatte Franzi das Grafitpulver und einen Pinsel aus ihrem Fingerabdruckset

geholt, und Kim pinselte die Schatulle ein, während Marie ein kleines Stempelkissen aus ihrer Tasche zog. »Zum Abgleich benötigen wir auch Ihre Fingerabdrücke.«

Zunächst drückte Frau Menzel ihre Finger nacheinander auf das Kissen und dann in Kims Notizbuch, anschließend wiederholte Hannah diesen Vorgang.

Währenddessen zog Franzi mit durchsichtigem Klebeband die sichtbar gewordenen Fingerabdrücke von der Schatulle ab und klebte sie zu den Fingerabdrücken von Frau Menzel und Hannah. Die Detektivinnen beugten sich über das Notizbuch.

»Es sind eindeutig nur Ihre Fingerabdrücke, Frau Menzel«, stellte Franzi mit fachmännischem Blick fest.

Kim zog ein Taschentuch aus ihrem Beutel und entfernte das überschüssige Grafitpulver von der Truhe wieder. »Es war ja auch nicht anders zu erwarten, wenn die Polizei das bereits alles untersucht hat, dennoch wollen wir gründlich sein und sichergehen, dass uns nichts entgeht.« Sie klappte ihr Notizbuch zu.

Nachdem Franzi das Fingerabdruckset verstaut hatte, fiel ihr Blick auf eine Bildergalerie mit Fotos, die im Flur an der Wand hingen. Franzi lief in den Flur und deutete auf ein Foto, auf dem Frau Menzel als junge Frau zu sehen war. »Da haben Sie ebenfalls die Kette um.«

Kim und Marie kamen dazu. Marie betrachtete ein Bild, das Frau Menzel mit zwei kleinen Mädchen zeigte. Das ältere Mädchen hatte das Kleinkind auf dem Arm. Es guckte fröhlich in die Kamera. »Ist das Hannah?«

Hannah kam dazu. »Genau, das bin ich.«

»Und wer ist das kleine Mädchen?«, fragte Kim. »Ihre Schwester?«
»Ja, genau, das ist meine Schwester«, antwortete Hannah. »Sie heißt Sofie.«
»Und sie wohnt nicht mehr hier?«, wollte Franzi wissen.
»Nein.« Frau Menzels Stimme klang plötzlich tonlos. »Ach Mensch, Hannah, jetzt muss ich doch noch mal in die Kanzlei. Kommst du mit?«
Hannah nickte. »Okay. Ich komme mit«
Franzi hatte das Gefühl, dass die warme Atmosphäre umgeschlagen war. »Dürfen wir noch ein Foto der vermissten Brosche sehen?«, fragte sie schnell. »Danach machen wir uns erst mal auf den Weg zu unseren Hausbooten.«
»Da ist sie. Mein Vater hat sie meiner Mutter geschenkt«, erklärte Hannah und deutete auf ein Bild, das ebenfalls gerahmt an der Wand hing.
Darauf war Frau Menzel mit einem Mann zu sehen, der wohl mal ihr Ehemann gewesen sein musste. Sie hatte eine Seidenbluse an, darauf steckte eine kunstvoll aus Gold gefertigte Brosche mit einem großen Diamanten.
»Ach, da tragen Sie ja auch den Ring, den wir gefunden haben«, stellte Marie fest.
»Genau.« Frau Menzel betrat erneut ihr Schlafzimmer, legte den Ring in die Schatulle und schloss energisch das Fenster. »Das war mal mein Ehering.«
»Darf ich ein Foto von den Bildern in der Galerie machen?«, fragte Kim.

»Ja, darfst du.« Frau Menzel kam zurück in den Flur. »Tut mir leid, Mädchen, für heute müssen wir leider Schluss machen.«
Aus dem Zimmer nebenan trat Fabian heraus. »Ich kann euch zur Tür begleiten.«
»Ja, super. Ich ziehe mich um, Mama, dann können wir los«, sagte Hannah. Sie verabschiedete sich von den drei !!!. »Danke, dass ihr uns helft.«
Fabian ging vor den Detektivinnen die Treppe runter. »Habt ihr alle wichtigen Infos beisammen?«, fragte er.
»Vorerst schon.« Franzi schlüpfte durch die Tür.
Kim und Marie folgten ihr.
Marie drehte sich noch einmal um. »Eins würde uns aber schon noch interessieren.«
Fabian nickte. »Schieß los.«
»Was ist denn mit Sofie?«, fragte Marie. »Hannah und deine Schwiegermutter haben so komisch reagiert, als wir sie auf dem Foto entdeckt haben.«
Fabian räusperte sich. »Das Verhältnis ist, na ja, sagen wir mal, angespannt. Sofie war nach dem Abi ein Jahr im Ausland und lebt mittlerweile auch wieder hier in Schwanbach. Mithilfe eines Kredits hat sie einen kleinen Gasthof eröffnet.«
»Konnte sie sich das Geld nicht von ihrer Mutter leihen?«, fragte Marie. »Sie scheint doch Geld zu haben.«
Fabian schüttelte den Kopf. »Dafür war sie zu stolz. In der Zeit ihrer Abwesenheit haben sich ihre Eltern getrennt, und Sofie wirft ihrer Mutter vor, schuld an der Trennung zu sein. Nach

ihrer Rückkehr ist sie sofort aus der Villa ausgezogen und lebt jetzt mit ihrem Vater zusammen.«
Kims Handy klingelte. »Oh, das ist David.« Sie nahm das Gespräch entgegen. »Ihr braucht euch keine Sorgen zu machen, wir kommen jetzt.« Sie steckte ihr Handy ein. »David und sein Vater haben gekocht. Das Abendessen ist fertig.«
»Dann mal los.« Franzi winkte Fabian. »Danke, bis bald.«
Er drückte Marie seine Visitenkarte in die Hand. »Wenn ihr Fragen habt, ruft an.«

Nach dem Abendessen saßen alle zusammen auf der Terrasse von Kims, Franzis und Maries Hausboot. Die Sonne war bereits untergegangen.
Kim hatte sich mit David in die Hängematte gelegt. Sie hielten sich an den Händen.
Franzi saß an der Reling und ließ die Beine baumeln.
Marie hockte mit angezogenen Beinen auf einem Liegestuhl und tippte auf ihrem Handy herum.
»Ich finde es übrigens großartig, dass ihr heute einen Umweltsünder ausfindig gemacht habt!«, sagte Dirk, der an der Reling stand und auf das dunkle Wasser blickte. »Ich wusste gar nicht, dass ihr Detektivinnen seid.«
David schaute entschuldigend zu Kim. »Sorry, wenn man den ganzen Tag zusammen in einem Boot sitzt, hat man viel Zeit, sich zu unterhalten.«
Kim zuckte mit den Schultern. »Kein Problem. Es ist ja auch kein wirkliches Geheimnis, dass wir Detektivinnen sind.«

»Ich finde es gar nicht schlimm, dass ihr heute wieder keinen Fisch geangelt habt«, lenkte Franzi ab, denn sie wollte das Detektivinnen-Thema auch nicht unnötig ausweiten. Es gehörte zu den Grundsätzen der drei !!!, von ihrer Detektivarbeit so wenig wie möglich preiszugeben.

»Ich muss noch üben«, erklärte David mit Blick zu seinem Vater.

»Sicher werden wir morgen unseren ersten Fisch fangen«, sagte Dirk.

»Oder liegt es daran, dass es so wenig Fische gibt? Vielleicht ist das Wasser gar nicht so sauber, wie man denkt?«, fragte Franzi.

»Es ist schon möglich, dass es weniger Fische gibt als früher«, überlegte Dirk. »Wenn man hört, was die Leute alles im Wasser entsorgen, wird einem echt schlecht. Auch ein Diamantring ist sicher nicht sehr gut für den Magen einer Forelle.«

»Wir haben übrigens auch noch die Besitzerin des Rings gefunden«, berichtete Kim. »Er gehört Frau Menzel. Sie lebt in einer sehr schönen Villa flussabwärts, zusammen mit ihrer Tochter und ihrem zukünftigen Schwiegersohn.«

»Da hat sie sich ja bestimmt total gefreut?«, fragte David.

Kim nickte. »Sie war uns sehr dankbar.«

»Und wie ist der Ring überhaupt in den Fluss gekommen?«, wollte David wissen.

Kim biss sich auf die Lippe. Franzi schüttelte fast unmerklich den Kopf. Es war besser, die Sache mit dem Schmuck-Diebstahl in der Villa Schwanstein nicht zu berichten, denn hier handelte es sich ja um laufende Ermittlungen.

»Wahrscheinlich hat sie ihn beim Baden verloren«, sagte Franzi schnell.
»Dann habt ihr heute echt viel geleistet.« Dirk gähnte. »Den ganzen Tag im Boot zu sitzen und zu angeln schlaucht auch ganz schön. Ich gehe schon mal ins Bett.« Davids Vater ging zum roten Hausboot. »Schlaft gut.«
»Gute Nacht, Dirk!« Kim schmiegte sich an David.
Franzi legte ihren Kopf in den Nacken und bestaunte den Sternenhimmel. »Schön, so eine laue Sommernacht am Fluss.«
»Marie, alles klar bei dir?«, fragte Kim nach einer Weile.
»Was?« Marie war so vertieft in ihr Handy, dass sie sich die ganze Zeit gar nicht an der Unterhaltung beteiligt hatte.
»Hat Jakob geschrieben?«, erkundigte sich Franzi.
»Nein.« Marie sah auf. »Nur Holger.«
»Nur?«, fragte David.
Marie zuckte ertappt zusammen. »Nein, natürlich nicht nur. Er hat geschrieben, dass er jetzt auch in den Sommerferien Nachhilfe bei Lilo nimmt.« Marie verzog das Gesicht.
»Bist du immer noch eifersüchtig?«, erkundigte sich Kim.
Im selben Moment piepte Maries Handy wieder.
Franzi sah, wie sich ihre Miene aufhellte. »Doch keine Nachhilfe?«
»Nein, Jakob hat ein Foto von einem Spatz geschickt, der an seiner Eiswaffel pickt.« Marie vertiefte sich wieder in ihr Smartphone.
David sah Kim in die Augen. »Würdest du dir auch mit anderen Jungen schreiben, wenn ich nicht hier wäre?«

Kim drückte ihm einen Kuss auf die Wange. »Niemals!«
»Und bist du auch immer ehrlich zu mir?«, fragte David weiter.
Kim nickte. »Manchmal kann ich dir allerdings Dinge nicht verraten, wenn sie mit unseren Ermittlungen zu tun haben.«
»Sag wenigstens ehrlich, ob ihr einen Fall habt, der mit dem Ring zu tun hat«, bat David. Kim tauschte einen Blick mit Franzi. »Ja, das haben wir tatsächlich.«
David grinste. »Ich wusste es. Ich habe es dir an der Nasenspitze angesehen.«
»Sehr detektivisch von dir.« Franzi lachte.
»Wenn man mit einer so cleveren Detektivin zusammen ist, lernt man immer was dazu«, entgegnete David.
»Leider ist es unser Detektivinnengesetz, dass wir dir nichts erzählen können«, bedauerte Kim.
»Weiß ich doch.« David drückte Kims Hand. »Kein Problem. Hauptsache, ihr begebt euch nicht in Gefahr.«
»Nein, machen wir nicht, versprochen«, antwortete Kim mit brüchiger Stimme. Sie räusperte sich.
David stand auf und zog Kim hoch. »Komm, wir begeben uns jetzt in große Gefahr.«
Kim runzelte die Stirn. »Welche Gefahr?«
»Wir vertreiben Mückenmonster!« David zog ein Mückenspray aus seiner Hosentasche. »Wir machen noch einen kleinen Spaziergang.«
»Na, dann macht den Blutsaugern mal endlich den Garaus!«, rief Franzi ihnen hinterher.

Viele Motive

Eine Stunde später saß Kim mit geputzten Zähnen strahlend im Schneidersitz auf dem Bett.
»Hat David die Monster in die Flucht geschlagen?«, fragte Franzi, die sich neben Kim seitlich auf das Bett legte. Sie stützte ihren Kopf auf ihre Hand.
»Ja, hat er, und zwar sehr heldenhaft.« Kim lachte. »Eine saß auf meiner Wange, die hat er einfach weggeklatscht.« Kim rieb sich über ihre leicht rötliche Wange. »Aber das war gar nicht schlimm, denn anschließend hat er den leichten Schmerz weggeküsst.«
»Dann ist ja gut.« Franzi blickte nachdenklich aus dem kleinen Fenster. »Können wir mal ganz kurz die Jungs-Themen ausblenden? Ich würde gern eine kleine Detektivclubbesprechung abhalten.«
»Klar.« Kim wuschelte sich durch ihre kurzen Haare und ließ die Schultern kreisen. »Schieß los.«
»Was ist mit unserem dritten Ausrufezeichen?« Franzi sah Marie auffordernd an. Sie war wieder in ihr Smartphone ver-

tieft und tippte. »Marie, meinst du, du kannst mal kurz aufhören, mit Jakob zu chatten?«
»Was?« Marie sah nicht auf.
»Deine ungeteilte Aufmerksamkeit ist gefragt«, erklärte Kim. »Und zwar jetzt.«
»Okay.« Marie tippte noch schnell etwas und legte ihr Handy dann auf den Nachttisch.
»Dass es gar keine Spuren gibt, die auf einen Einbruch hindeuten, ist ja schon seltsam«, begann Kim. »Wenn das ein professioneller Einbrecher gewesen wäre, hätte er dann nicht noch mehr mitgehen lassen? In der Villa gibt es doch sicher jede Menge wertvolle Gegenstände.«
»Stimmt, das ist unlogisch. Ich habe zum Beispiel einen sehr alten Kerzenleuchter gesehen«, berichtete Franzi. »Und wenn man sich einmal die Mühe macht, irgendwo einzubrechen, und das so geschickt ohne Spuren schafft, müsste man die Säcke ja auch vollpacken, damit es sich richtig lohnt.«
»Dann würde man aber auch nicht einen Teil des Diebesgutes im Fluss verlieren«, ergänzte Kim.
»Ich würde gern wissen, was genau schiefgelaufen ist zwischen Frau Menzel, ihrer Tochter Hannah und Sofie«, sagte Marie. »Und was es mit der Scheidung auf sich hat.«
»Wie sieht es aus? Wollen wir morgen mal diese Sofie unter die Lupe nehmen?«, schlug Franzi vor.
Kim gähnte. »Ja, das ist ein guter Plan. Sie hat einen Gasthof eröffnet. Wahrscheinlich gibt es in Schwanbach nicht so viele Gasthöfe?« Schnell tippte Kim auf dem Display ihres Smart-

phones herum. »Da ist es. *Forellenhof.* Geschäftsführerin Sofie Menzel.«

Franzi ließ den Kopf auf das Kissen sinken. »Perfekt, wir gehen morgen Mittag essen.«

Marie schaltete die Nachttischlampe neben ihrem Bett aus. Es wurde dunkel im Zimmer. »Das ist ein sehr guter Plan.« Ihr Smartphone leuchtete auf, aber sie drehte es seufzend um. »Schlaft gut.«

»Ich schreibe noch ganz kurz Tagebuch, okay?«, fragte Kim, doch es kam nur noch ein leises Nuscheln zurück.

Detektivtagebuch von Kim Jülich
Freitag, 22:27 Uhr

Unseren ersten Fall haben wir heute Mittag gelöst. Die drei !!! sind unschlagbar, wenn es darum geht, Umweltverbrechen aufzudecken! Nachdem wir noch mehr Plastikmüll im Fluss gefunden hatten, haben wir die Fingerabdrücke auf den Verpackungen gesichert. Anschließend haben wir tatsächlich einen Einkaufswagen aus dem Fluss geangelt. Wer den da reingeworfen hat und wer so viele andere Dinge im Fluss versenkt, haben wir leider nicht herausgefunden. Wir werden auch in den kommenden Tagen noch Müll angeln. Und für die Zukunft will ich mir überlegen, was ich alles gegen Umweltsünder machen kann. Diese Menschen schaden der Natur und damit auch den Tieren, die in ihr leben. Das geht einfach gar nicht!!!

Zurück zu unserem Fall: Der Einkaufswagen, den wir aus dem Wasser gefischt haben, hat uns dann aber den entscheidenden Hinweis geliefert. Wir haben ihn zum Tante-Emma-Laden von Herrn Schulte gebracht und sind dort Peter Fricke begegnet, der sich gerade Pudding gekauft hat. Und zwar haargenau denselben wie den, der im

Fluss in der Mülltüte schwamm. Mal abgesehen davon, dass mich das zu dem Gedanken führt, dass selbst gemachter Pudding besser schmeckt und man viel öfter unverpackt einkaufen gehen sollte – wir haben den Mann anschließend heimlich verfolgt und sind ihm auf die Schliche gekommen. Dazu mussten wir uns kurze Zeit in seinem Schuppen verstecken. Zum Glück habe ich es dieses Mal geschafft, mich von meiner Platzangst nicht auffressen zu lassen. Die von uns gerufene Polizistin Tara Weiß hat angekündigt, dass Herr Fricke mit Konsequenzen rechnen muss. Ich hoffe sehr, dass er sich nun bei der Müllabfuhr anmeldet und keinen Müll mehr ins Wasser wirft!

Und damit war dieser Fall gelöst, aber der zweite folgte sogleich:

Frau Weiß konnte uns nämlich sagen, wem der Ring gehört, den Franzi geangelt hat. Erstaunlicherweise hat uns das direkt zu unserem nächsten Fall geführt, denn die Besitzerin Frau Menzel hat den Ring und zwei andere wertvolle Schmuckstücke als gestohlen gemeldet. Weil der Täter aber keinerlei Spuren hinterlassen hat, wurde er bisher nicht gefunden.

Ein Fall für die drei !!!.

Wir konnten uns bereits in der wunderschönen Villa Schwanstein von Frau Menzel umsehen. Auch wir haben keine Hinweise oder Spuren gefunden, aber wir haben Frau Menzel, ihre Tochter Hannah und deren Verlobten Fabian kennengelernt. Sie waren alle sehr nett und hilfsbereit. Bis zu dem Zeitpunkt, als ich gefragt habe, wer auf dem Foto mit Frau Menzel zu sehen ist. Da schlug die Stimmung schlagartig um. Zum Glück hat Fabian uns dann noch erklärt, dass es irgendwelche Zerwürfnisse in der Familie Menzel gibt, welche mit der Scheidung der Eltern zu tun haben. Dem wollen wir nachgehen und Sofie, die zweite Tochter von Frau Menzel, mal unter die Lupe nehmen. Sie ist noch ziemlich jung und hat einen Gasthof in Schwanbach eröffnet, den Forellenhof.

Morgen werden wir undercover im Forellenhof essen. Gerade habe ich mir die Speisekarte angesehen. Es gibt auch selbst gemachte Desserts. Mhmm, dafür gebe ich gern mein Taschengeld aus. Wofür auch sonst, hier gibt es ja (zum Glück) nicht viel zu kaufen.

Geheimes Tagebuch von Kim Jülich
Freitag, 22:46 Uhr

► Geheimes Tagebuch von Kim Jülich! Solltest du trotzdem weiterlesen, wird von nun an jede Nacht eine Mücke an deinem Ohr surren! ◄
Was ist los mit Marie? Sie ist plötzlich so fixiert auf ihr Handy und starrt die ganze Zeit darauf. Und das nicht, weil sie plötzlich so gerne zockt, auch nicht, weil sie die Wettervorhersage anguckt oder mit ihrem Freund Holger Sehnsuchtsnachrichten austauscht – nein! Nur, weil sie mit dem neuen Kumpel von Holger Nachrichten schreibt. Selbst jetzt liegt sie unter der Decke, chattet und kichert die ganze Zeit. Da stimmt doch was nicht!!!
Im Gegensatz zu mir und David♥: Da stimmt wirklich fast alles. Unser Spaziergang war so romantisch, und es war wirklich schön, auch mal kurz allein mit ihm zu sein. Ich fühle mich ihm so nah wie noch nie. Schade, dass ich ihm nichts von unseren Ermittlungen erzählen darf, aber wir haben zum Glück genug andere Gesprächsthemen, zum Beispiel unseren Fortsetzungsroman. Eigentlich wollten wir vorhin ein bisschen daran arbeiten und uns über die Liebesgeschichte austauschen, aber dann haben wir uns einfach nur geküsst.☺
Jetzt müssen Florian und Mariola, die beiden Hauptfiguren in unserer Geschichte, einfach noch ein bisschen warten, bis sie sich endlich das erste Mal küssen können!

»Gut, dass ich das dritte Croissant doch nicht mehr gegessen habe«, sagte Kim, als die drei !!! am nächsten Tag vor dem *Forellenhof* ankamen.

»Herr Schulte verkauft echt gute Backwaren. Ach, und er hat mir heute Morgen, als ich die Brötchen geholt habe, auch Lollis mitgegeben. Die habe ich erst mal in der Kajüte gelassen.«
Franzi stieg vom Rad. Zu den Hausbooten gehörten nämlich nicht nur SUP-Boards, sondern auch Räder.
Das Haus, in dem sich der Gasthof befand, war schon etwas älter, gelb gestrichen, und die Fensterrahmen waren weiß.
Kim stellte ihr Rad in den Ständer, der die Form einer Fischgräte hatte. »Was ist eigentlich mit Blake, du hast gar nichts mehr erzählt.«
»Er trainiert wieder. Für das nächste Turnier.« Franzi nahm den Helm ab.
»Wow, dann ist die Hand wieder komplett verheilt?«, staunte Marie.
Franzi zuckte mit den Schultern. »Ich finde, er sollte zuerst die Muskeln wieder etwas aufbauen. Und nicht gleich einhundert Prozent geben.«
»Vielleicht hast du recht«, überlegte Kim. Sie zeigte auf die Tafel, die am Eingang stand. »Lecker! Es gibt Apfelstrudel.«
»Mhmm.« Marie leckte sich über die Lippen.
»Na, dann geben wir jetzt mal zweihundert Prozent!« Franzi lachte und marschierte los.
Die Freundinnen betraten den Gasthof. Durch einen kleinen Flur gelangten sie in einen großen Raum. Auch hier waren die Wände gelb gestrichen. Franzi zählte zehn Tische. An einem saß ein junges Pärchen, an einem anderen ein älterer Herr. Kims Blick blieb an der Vitrine neben der Theke hängen, in der eine

Obsttorte und Schokoladenkuchen um die Wette glänzten. Durch eine Glastür ging es auf die Terrasse, von welcher man einen atemberaubenden Blick auf den Fluss hatte.
»Hallo, ihr drei.« Eine blonde Frau in einem geblümten Kleid kam hinter dem Tresen hervor. »Wollt ihr vielleicht draußen sitzen?«
»Gerne, das ist ja traumhaft hier!«, flötete Marie.
»Das freut mich.« Die Frau lächelte. »Ich heiße Sofie. Und ihr?«
»Ich bin Marie. Und das sind meine Freundinnen Kim und Franzi.«
»Seid ihr zu Besuch in Schwanbach?«
»Genau. Wir machen ein paar Tage Ferien in den beiden Hausbooten flussabwärts.«
Sofie führte die drei !!! auf die Terrasse. Sie deutete auf kleine Tafeln, die auf den Tischen standen und auf denen mit schön geschwungener Schreibschrift das Tagesangebot stand. »Ich habe heute selbst gemachte Himbeerlimonade im Angebot.«
»Wir nehmen drei«, entschied Franzi.
Kim und Marie nickten.
Die Mädchen setzten sich hin und studierten die Angebote auf der Tafel.
»Nehme ich eine Karotten-Ingwer-Suppe?«, überlegte Marie.
»Oder Forelle à la Sofie?«
Schon war Sofie mit einem Tablett und drei Kristallgläsern da. In der rosafarbenen Brause schwammen Pfefferminzblätter.
»Mmmh«, schwärmte Kim, als sie ihr Glas entgegennahm.

»Gehört dir der Gasthof?«, erkundigte sich Marie.
Sofie nickte. »Ich führe ihn, aber gehören tut er mir nicht. Ich habe einen Kredit aufgenommen.«
»Dann ist man seinen Eltern nichts schuldig«, sagte Marie. »Mein Vater will unbedingt, dass ich mal in seine Fußstapfen trete. Er ist Anwalt und ich soll Jura studieren.«
Franzi zog die Stirn kraus, dann wurde ihr klar, welches Ziel ihre Freundin mit ihrer Schauspieleinlage verfolgte.
»Meine Mutter wollte auch immer alles bestimmen«, berichtete Sofie. »Aber ich mache da nicht mehr mit.«
»Und wie schafft man das?«, fragte Marie. »Wenn sie einem immer sagen, dass sie nur das Beste für dich wollen?«
Sofie setzte sich neben Marie auf die Bank. »Meine Mutter denkt nur, dass sie immer das Beste für uns wollte. Aber eigentlich hat sie nie wirklich zugehört.«
»Meine Mutter denkt auch immer, dass sie das Beste für uns will. Sie ist Lehrerin und sie meint, ich muss immer gute Noten haben.« Kim zuckte die Schultern. »In manchen Fächern ist mir das aber gar nicht so wichtig.«
»Ja, man sollte wirklich in sich reinhören«, bestätigte Sofie. »Es ist wichtig, selbst herauszufinden, was man will. Dabei kann einem niemand so recht helfen, auch die Eltern nicht.«
»Stimmt, sie müssen einen einfach machen lassen«, schaltete sich nun auch Franzi ein. »Ich glaube, dass meine Eltern das ganz gut können. Aber es gab mal eine Zeit, in der mein Vater meinte, meine Mutter würde sich zu viel aufbürden, da hat er sich eingemischt.«

»Das hat meiner nie gemacht.« Sofie starrte nachdenklich auf den Fluss. »Er hat meine Mutter immer unterstützt und sich um meine große Schwester und mich gekümmert. Dafür hat er sogar seine Karriere als Musiker aufgegeben, damit meine Mutter sich selbst verwirklichen kann. Hat sie dann auch. Und er ist nicht mehr auf Tour gegangen, sondern bei uns Kindern geblieben. Ich glaube, er hat das auch echt gern gemacht.« Sofie atmete tief aus. »Aber letztendlich hat meiner Mutter das auch nicht gepasst. Sie hat ihm dann vorgeworfen, dass sie die Alleinverdienerin ist.« Sofie seufzte. »Sie haben sich auseinandergelebt und irgendwann scheiden lassen. Und meinem Vater ist nicht viel geblieben.«

Franzi sah, dass Sofie mit den Tränen kämpfte. »Das tut mir leid.«

Sofie nahm sich eine Stoffserviette vom Nachbartisch und tupfte die Tränen aus dem Augenwinkel. »Entschuldigung. Jetzt habe ich euch in eurem Urlaub vollgeheult.«

»Das ist gar kein Problem«, sagte Marie.

»Vollkommen okay«, bestätigte Franzi.

Sofie steckte die Serviette in die Tasche ihres Kleides. »Danke. Ich lade euch auf die Himbeerbrause ein. Was möchtet ihr essen?«

»Aaaaalsoooo«, begann Kim. Sie zögerte. »Brauchst du keinen Block?«

Sofie schüttelte den Kopf. »Das geht schon.«

»Kim hat bestimmt großen Hunger«, sagte Marie und grinste.

»Der Apfelstrudel war sooo gut«, schwärmte Kim. Die drei !!! hatten sich nach dem Essen wieder auf den Weg zu den Hausbooten gemacht.
»Sofie hat gesagt, dass der Gasthof nicht genug Gewinn abwirft«, berichtete Marie.
»Aber als wir gegangen sind, wurde es doch voller?«, wandte Franzi ein.
»Sie hat ja auch eine Angestellte, das ist bestimmt alles gar nicht so leicht, vor allem in den Wintermonaten«, überlegte Marie.
»Ich finde die Idee super, dass sie einen Anlegesteg bauen möchte, sodass Gäste, die vorbeipaddeln, eine kleine Rast bei ihr machen können«, sagte Franzi.
»Ja, das ist echt eine gute Idee«, fand auch Kim. »Wollen wir eine Clubbesprechung in unserem Hausboot-Detektivinnenquartier machen?«
Sie fuhren den kleinen Schotterweg Richtung Fluss.
Franzi sah von Weitem, dass David und sein Vater auf dem Heck ihres Hausbootes saßen und lasen. »Die beiden können uns dann aber hören.« Sie blinzelte in den blauen Himmel. »Lasst uns die Clubbesprechung auf den Boards machen und das Wenden und Bremsen üben. Da kann uns auch niemand belauschen.«
»Außer Wasserläufer, Enten und Schwäne.« Marie lachte.
»Mal sehen, ob ich mich auf beides konzentrieren kann«, seufzte Kim. »Paddeln und über Ermittlungen nachdenken ist sicher nicht so leicht.«
»Das ist ein perfektes Training«, meinte Franzi.

Die Freundinnen schlüpften in ihre Neoprenanzüge und stiegen auf die SUP-Boards. Es gelang Kim sofort, in den Stand zu kommen.
David jubelte und klatschte.
Kim wurde rot. »Jetzt werde ich auch noch beobachtet.«
»Du machst das super«, motivierte Franzi ihre Freundin. Sie erklärte Kim und Marie anschließend, wie man eine Wendung machte und bremste. Bei ihrem ersten Versuch fiel Kim ins Wasser. Mit Mühe gelang es ihr, wieder auf das Board zu kommen. Sie blieb sitzen. »Ich brauche eine Pause.«
Auch Franzi und Marie kamen auf die Knie.
»Dann lassen wir uns jetzt treiben«, entschied Franzi. »Genau wie unsere Gedanken.«
»Alles klar, das gefällt mir besser«, gab Kim zu.
Die Mädchen schwiegen eine Weile.
»Glaubt ihr, Sofie könnte etwas mit dem Diebstahl des Schmucks zu tun haben?«, fragte Franzi in die Stille.
Marie schüttelte den Kopf. »Meine Menschenkenntnis sagt ganz klar Nein.«
»Aber sie hätte ein Motiv«, wandte Kim ein. »Sie ist enttäuscht von ihrer Mutter und sie findet, dass ihr Vater bei der Scheidung schlecht weggekommen ist.«
»Das stimmt«, sagte Franzi nachdenklich. »Und sie selbst hat auch wenig Geld.«
Kim schüttelte Wasser aus ihrem Ohr. »Außerdem hat sie vielleicht noch einen Hausschlüssel und weiß, wo ihre Mutter den Schmuck aufbewahrt.«

»Das ist natürlich richtig, aber es passt gar nicht zu ihr. Sie scheint doch sehr dafür zu sein, dass alles gerecht abläuft«, gab Marie zu bedenken.
»Auch wieder wahr.« Franzi ließ die Beine ins Wasser baumeln. »Kann es vielleicht sein, dass Frau Menzel nur so tut, als wäre sie bestohlen worden? Dass sie alles nur so hat aussehen lassen, als wäre der Schmuck gestohlen worden? Könnte sie den Ring aus Frust auf ihren Ex-Mann ins Wasser geworfen haben?«
»Aber warum? Um die Versicherungssumme zu kassieren?«
Kim driftete mit der Strömung etwas ab. Mit dem Paddel gelang es ihr, wieder näher an Franzi und Marie heranzukommen.
Marie schüttelte den Kopf. »Das wäre irgendwie zu einfach, denn es sieht ja auch gar nicht nach einem Diebstahl aus. Hätte sie dann nicht auch absichtlich falsche Spuren legen müssen?«
»Auch wieder wahr. Was ist mit ihrem geschiedenen Mann?«, fiel Kim ein. »Herr Menzel hätte doch auch ein Motiv.«
»Das stimmt. Wir sollten als Nächstes Herrn Menzel unter die Lupe nehmen.« Franzi stand wieder auf. »Los, wir machen ein kleines Wettpaddeln zu den Hausbooten.«
Kim schüttelte den Kopf. »Bist du wahnsinnig?«
Franzi lachte. »Ach los, es geht ja nur geradeaus.«
»Ich mache mit!«, rief Marie und paddelte los.
Franzi gab alles, aber Marie war auch schon viel geschickter geworden.
»Na gut! Wartet!« Auch Kim war aufgestanden und paddelte los.
Die drei !!! kamen fast gleichzeitig am Ufer an.

»Sehr gut. Bald können wir uns wilde SUP-Verfolgungsjagden mit fiesen Verbrechern liefern!« Franzi lachte.
»Lieber nicht!« Kim fiel David in die Arme, der am Ufer auf sie gewartet hatte.
»Wollt ihr alle mal mit ins Angelboot kommen? Vielleicht fangt ihr ja einen Fisch?«
»Ach nö.« Marie lächelte entschuldigend.
»Ich glaube, für mich ist Angeln auch nichts. Ich kann nicht so lange bewegungslos dasitzen«, erklärte Franzi.
David sah Kim verliebt in die Augen. »Und du?«
»Ich ... äh ... also«, stotterte Kim. Sie sah, dass Franzi ihr hinter Davids Rücken Zeichen gab. »Später vielleicht. Wir haben jetzt noch etwas zu erledigen.«
David verzog das Gesicht. »So ist das eben, wenn man mit drei Detektivinnen Urlaub macht. Man macht ihn mehr allein.«
Kim hauchte David einen Kuss auf die Wange. »Du bist der beste Freund, den eine Detektivin sich nur vorstellen kann.«

Nachdem die Freundinnen sich wieder umgezogen hatten, liefen sie zu den Rädern. »Wo wohnt Herr Menzel denn überhaupt?« Marie stopfte sich ihr türkisfarbenes T-Shirt in die Jeansshorts.
Kim zog ihr Handy aus der Tasche ihres Streifenkleids und tippte auf dem Display herum. »Leider finde ich im Netz keine aktuellen Einträge zu Herrn Menzel. Nur sehr viele ältere: Er heißt Tom, war Gitarrist bei den *Beat Boys*. Ach, und die haben seit seinem Ausstieg keinen Hit mehr gelandet.«

»Dann war er echt richtig gut«, staunte Franzi.
»Hier gibt es auch ein Video von einem Konzert.« Kim tippte es an. Rockige Gitarrenklänge ertönten.
»Das kenne ich!«, rief Marie. »Helmut hört das oft und spielt immer dazu Luftgitarre.«
»Hört ihr die *Beat Boys*?«, rief Fine ihnen zu. Sie war auf ihrem Boot unterwegs und kam Richtung Ufer gepaddelt.
»Genau. Weißt du, wo Herr Menzel wohnt?«, fragte Marie.
»Er lebt mit seiner Tochter in dem kleinen Haus hinter der Kirche«, berichtete Fine. »Was wollt ihr denn von ihm?«
»Wir haben herausgefunden, dass der Ring der Ehering von Frau Menzel war«, berichtete Kim. »Und …« Kim stockte plötzlich, weil Franzi sie von der Seite anstupste.
»Mein Vater ist ein großer Fan«, kam Marie Kim zu Hilfe. »Jetzt, da wir wissen, dass diese Legende hier lebt, will ich ein Autogramm besorgen.«
»Gute Idee.« Fine lächelte. »Was ist eigentlich aus dem Müll-Fall geworden?«
»Den haben wir gelöst«, berichtete Kim stolz. »Es war Peter Fricke.«
»Ach echt?« Fine schüttelte ungläubig den Kopf. »Das hätte ich nicht von ihm gedacht.«
»Kennst du ihn?«, fragte Marie.
»Ja, er ist Handwerker und hat meinem Opa neulich beim Umzug geholfen.«
An Fines Angel war etwas hängen geblieben. Sie zog einen alten Schlittschuh mit verrosteten Kufen aus dem Wasser.

»Sollen wir dir morgen wieder helfen?«, fragte Marie.
»Ja, super!« Fine betrachtete den Schlittschuh genauer. »Ist meine Größe, vielleicht finde ich auch noch den zweiten.«
Die drei !!! verabschiedeten sich und fuhren los, an dem Fußballplatz vorbei um die Kirche herum. Die Straße war eine Sackgasse und ein kleines Haus stand an ihrem Ende. Es hatte ein rotes Ziegeldach, und eine Efeupflanze rankte sich an der Hauswand hoch, sodass nur noch die Fenster zu sehen waren.
»Das muss es sein«, flüsterte Franzi. »Ich liebe Häuser im Gewand der Natur.«
Sie stellten ihre Räder an der kleinen Steinmauer ab, die den Kirchgarten umgab.
»Wie ist der Plan?«, fragte Kim. »Wir können ja nicht einfach klingeln und ihn fragen, ob er den Schmuck gestohlen hat?«
Plötzlich ging die Tür auf und ein Mann kam heraus.
Blitzschnell sprangen die Detektivinnen über die Mauer und gingen in Deckung.

Diebe in der Familie?

»Hat er uns gesehen?«, wisperte Marie.

Franzi lugte über die Mauer. »Ich glaube nicht.« Sie beobachtete, wie der Mann mit einer gelben Gießkanne die Efeupflanze und einige andere bunte Blumen in einem Blumenkasten goss. Er trug eine schwarze Jeans und ein T-Shirt mit dem Aufdruck eines bekannten amerikanischen Sängers. Sein Dreitagebart schimmerte gräulich, um seine Augen hatte er viele Lachfalten. Franzi schätzte ihn auf Ende fünfzig. Die Verwandtschaft mit seiner Tochter Sofie konnte sie ganz deutlich erkennen, beide hatten ausgeprägte Wangenknochen und die Augenpartie mit den großen braunen Augen ähnelte sich.

»Wollen wir ihn ansprechen und nach einem Autogramm fragen?«, flüsterte Marie.

Kim knetete nachdenklich ihre Unterlippe. »Oder erst mal beschatten und sehen, was er so macht?«

Blitzschnell ging Franzi wieder hinter der Mauer in Deckung. »Sofie kommt gerade mit dem Auto an. Sie sieht irgendwie unglücklich aus.«

Die drei !!! blieben in ihrem Versteck und drückten sich an die Mauer. Franzi dachte darüber nach, wie sie Sofie erklären sollten, warum sie hier waren. »Undercover bleiben ist besser«, entschied sie schließlich.
»Papa, ich bin heute so sauer auf Mama«, hörten sie Sofie rufen.
Franzi lugte vorsichtig über die Mauer. Herr Menzel legte den Arm um seine Tochter und redete beruhigend auf sie ein. Was er sagte, konnte sie nicht verstehen. Sofie schüttelte den Kopf und lief ins Haus. Mit einem Schlüssel in der Hand kam sie wieder heraus. Die beiden setzten sich in Sofies Auto.
»Sie fahren irgendwohin«, berichtete Franzi, als Sofie den Motor startete. »Vielleicht zur Villa Schwanstein?«
Das Auto fuhr an ihnen vorbei.
Franzi lief zu den Rädern, setzte sich den Helm auf und war in Windeseile abfahrtbereit. »Los, schnell.«
Die drei !!! sprangen auf die Räder und düsten los. Als sie im Rosenweg ankamen, konnten sie gerade noch sehen, wie Sofie und ihr Vater die Treppenstufen zur Villa hochliefen. Sofie zog den Schlüssel aus ihrer Tasche und schloss auf. Dann verschwanden sie in der Villa.
Die Detektivinnen stellten ihre Räder an eine Hecke und gingen hinter einem Stromkasten in Deckung.
»Was machen die da drin?« Marie pustete eine blonde Haarsträhne aus dem Gesicht. »Meint ihr, sie sind die Diebe?«
»Motive haben sie genug.« Kim wischte sich über die Stirn.
»Sollten wir Frau Menzel Bescheid geben?«

»Oder gleich Frau Weiß?« Franzi zog ihr Handy aus der Tasche und überlegte. »Andererseits: Ob wir Frau Menzel wirklich zu hundert Prozent alles einfach so glauben können, wissen wir auch nicht.«
»Guckt mal, sie kommen schon wieder rausmarschiert«, wisperte Marie. »Und was ist das denn?«
Aus ihrem Versteck heraus beobachteten die drei !!!, wie Vater und Tochter zwei große Kisten zu Sofies Auto trugen.
Die Detektivinnen sahen sich entsetzt an.
»Sind die beiden etwa wirklich die Diebe?«, wisperte Kim.
»Das kann ich mir einfach nicht vorstellen«, flüsterte Marie.
Sofie und ihr Vater verfrachteten die Kisten in den Kofferraum. Mit Wucht knallte Sofie die Kofferraumhaube zu und schwang sich auf den Fahrersitz. Herr Menzel stand einen Moment vor der Villa und betrachtete sie. »Los, Papa, ich will weg hier!«, rief Sofie ihm durch das heruntergelassene Autofenster zu. Herr Menzel stieg ein und Sofie startete den Motor.
»Kommt, wir fahren hinterher.« Franzi lief zu ihrem Rad.
Kims Handy klingelte. »Das ist Davids Vater.« Sie nahm den Anruf entgegen. »Hey, Dirk, danke, uns geht es gut. Ja, klar, wir kommen.« Kim legte auf.
Franzi sah sie vorwurfsvoll an.
»Was denn? Wir können nicht die ganze Zeit weg sein.« Kim steckte ihr Handy ein. »Außerdem werden wir sowieso nicht sehen können, was sie mitgenommen haben. Sie werden die Kisten kaum auf offener Straße auspacken.« Kim setzte ihren

Helm auf. »Ein weiterer Grund, jetzt zu den Hausbooten zu fahren, ist der Kuchen, den Dirk für uns mitgebracht hat.«
»Mich hat sie schon überzeugt.« Marie lachte.
»Na gut«, gab Franzi sich geschlagen.

Detektivtagebuch von Kim Jülich
Samstag, 21:21 Uhr

Der Fall ist äußerst mysteriös. Sofie ist total nett und führt einen wunderschönen kleinen Gasthof. Wir haben herausgefunden, dass sie ziemlich sauer auf ihre Mutter ist, weil diese Karriere machen konnte. Ihr Vater hat sich um die Familie gekümmert, und Sofie denkt, die Mutter müsste dankbar dafür sein. Ist sie aber wohl nicht und hat sich scheiden lassen. Dabei hat Herr Menzel seine Karriere aufgegeben und die gemeinsamen Töchter betreut. Und dann hat sie ihn bei der Scheidung schlecht wegkommen lassen, das heißt, sie hat ihm von ihrem Vermögen, das sie angehäuft hat, nichts abgegeben. Jetzt hat er wenig Geld. Auch wenn es ihm nicht so viel auszumachen scheint, irgendwie ist es ungerecht.
Herr Menzel und Sofie haben also schon Motive, aber warum sollten sie heimlich ein paar Kisten aus der Villa tragen? Und was war darin? Haben sie auch den Schmuck gestohlen? Vielleicht sollten wir uns in das Haus von Herrn Menzel reinschleichen?
Zunächst haben wir allerdings den Plan, noch mal mit Frau Menzel zu sprechen. Sie hat uns ja neulich so schnell abgebügelt, als das Thema Sofie aufkam. Wir müssen auch noch entscheiden, ob wir sie darüber informieren, dass Sofie und Herr Menzel Kisten aus der Villa getragen haben. Je länger ich darüber nachdenke: Die beiden haben echt viele Motive. Aber sollten sie es wirklich gewesen sein – wäre Frau Menzel da nicht auch schon mal drauf gekommen? Oder weiß sie vielleicht nicht, dass die beiden noch einen Schlüssel haben? Morgen früh wissen wir hoffentlich mehr!

Geheimes Tagebuch von Kim Jülich
Samstag, 21:37 Uhr

► Drei Wörter müssen reichen: Weiterlesen strengstens verboten! ◄
Auch wenn wir dringend diesen Fall lösen müssen, bevor wir wieder nach Hause fahren: Ich bin sehr froh, dass wir heute Nachmittag mit David und seinem Vater unterwegs waren. Wir haben eine kleine Wanderung gemacht. Ganz in der Nähe unseres Hausbootes gibt es einen Biberdamm. Der ist echt groß, und ich wusste gar nicht, wie geschickt und ausgeklügelt die Biber die Dämme bauen. Franzi hat uns alles genau erklärt. Sie halten den Pegel des Wassers immer auf einer Höhe, damit ihre Feinde, die nicht schwimmen können, nicht in ihre Höhlen eindringen können. Die Eingänge befinden sich unter Wasser, aber der Biberbau dann über der Wasseroberfläche.
Bei unserer Wanderung hat David mir anvertraut, dass er gar keinen Fisch fangen will, weil es ihm viel zu sehr leidtut, diesen dann später auf den Grill zu legen. Ich verstehe das!!! Aber David hat Angst, dass sein Vater es nicht versteht und traurig wäre. Ich denke, er sollte mit ihm reden und ehrlich sein. Es ist nämlich auch nicht gut, wenn man einfach alles für sich behält und der andere das dann per Zufall oder eben sehr spät erfährt. Wie ich mit der Zahnpasta-Werbung. Ich bin immer noch enttäuscht, dass David mir damals einfach ein Video geschickt hat, als die Werbung schon fertig war, und mir vorher nichts davon erzählt hatte.
Na ja, ich sage ihm, er soll immer ehrlich sein, aber gleichzeitig verschweige ich ihm, in welchem Fall wir gerade ermitteln. Aber das ist ja auch was anderes, hier geht es schließlich um einen Kriminalfall. Oder ist es doch nichts anderes?
Und was verheimlicht Marie uns eigentlich? Sie hat sogar während unserer Wanderung gechattet, und als ihr Akku alle war, wollte sie sofort umdrehen und das Handy aufladen ...

Nach dem Frühstück waren die drei !!! direkt zur Villa geradelt. Marie drückte mehrmals auf die Klingel, aber nichts tat sich.
»Glaubt ihr, dass sie sonntags alle arbeiten?«
Kim zog die Schultern hoch. »Vielleicht. Wir haben die Telefonnummer von Frau Menzel gar nicht, oder?«
»Nein, aber das hier.« Marie holte die Visitenkarte von Fabian aus der Tasche. Sie wählte seine Nummer und lauschte in ihr Handy. »Nur die Mailbox.«
»Dann lasst uns Fine beim Müllangeln helfen und danach wiederkommen?«, schlug Franzi vor. Sie ließen die Räder an der Hecke stehen und gingen den kleinen Weg an der Villa vorbei Richtung Fluss.
»Das Boot der Menzels ist nicht da«, bemerkte Kim.
Auch heute strahlte die Sonne. Franzi zog den Duft der Rosen ein, die den Weg säumten. Eine Biene summte an ihr vorbei.
»Die Natur ist so wunderschön hier«, schwärmte sie.
Sie betraten den kleinen Holzsteg.
»Ja, und dann so was!« Kim zeigte zu Fine, die auf ihrem Boot gerade einen alten Föhn aus dem Wasser fischte.
»Hallo!«, rief Fine ihnen entgegen. »Und, habt ihr das Autogramm bekommen?«
Kim runzelte die Stirn. »Welches ... ach so, nein, noch nicht. Herr Menzel war nicht zu Hause.«
Fine ruderte nah an den Steg und hielt den Mädchen die Hand entgegen. Nacheinander stiegen sie ins Boot.
Franzi blickte in Fines Kiste. »Da ist ja schon wieder einiges zusammengekommen.«

Fine nickte. »Leider hat man das Gefühl, dass der Müll niemals versiegt.«
»Guckt mal, dahinten ist Fabian.« Franzi hatte den zukünftigen Schwiegersohn von Frau Menzel entdeckt. Er saß auf dem Motorboot und hatte ebenfalls eine Angel in der Hand. »Müll wird er ja wohl nicht angeln?«
Franzi nahm Fine das Paddel aus der Hand und lenkte das Boot in Fabians Richtung.
»Ach, hallo, da sind ja die Detektivinnen.« Fabian nahm seine Sonnenbrille ab. »Seid ihr schon auf einer heißen Spur?«
»Nicht wirklich, aber wir würden gern noch mal mit Frau Menzel sprechen!«, rief Franzi.
»Hannah und Astrid sind in der Kanzlei«, berichtete Fabian. »Sie haben gerade so viele Fälle, dass sie auch am Wochenende arbeiten.«
»Wie wir.« Kim zwinkerte ihren Freundinnen zu. »Und was machst du?«
Fabian bewegte den Stab in seiner Hand. »Ich angele uns gerade das Mittagessen.«
»Wie bei uns.« Kim lachte. »Nur, dass David wohl auch heute nichts fangen wird.«
»Deine Angel sieht ja interessant aus«, fand Marie. »Mehr wie eine Harpune oder so.«
»Das ist ein Erbstück«, erklärte Fabian. »Darf ich euch bitten, woanders Müll zu angeln? Wenn im Wasser zu viel Bewegung ist, verstecken sich die Fische. Übrigens, ich habe weiter flussaufwärts bei den Biberdämmen ziemlich viel Müll entdeckt.

Und eine ganze Mülltüte. Aber ich bin mit meiner Angel nicht drangekommen.«

»Echt?« Franzi seufzte. »Ob das wieder Herr Fricke war?«

»Lasst uns mal nachsehen«, schlug Fine vor.

Die Mädchen verabschiedeten sich von Fabian. Mit aller Kraft paddelten sie flussaufwärts, an den Hausbooten vorbei. David saß mit Dirk am Ufer. Gerade befestigte er einen Köder am Haken. Als er Kim entdeckte, warf er ihr einen Handkuss zu.

»Wir sind wieder auf Müllmission!«, rief Kim zu ihm und Dirk hinüber. »Beim Biberdamm wurde ein Sack gesichtet.«

»Die Wasserschutzdetektive.« Dirk lächelte.

Sie kamen zu dem Biberdamm, kunstvoll aufgetürmt aus Ästen und Zweigen. Der Müllsack hatte sich darin verfangen. Mit dem Haken der Angel zogen sie den Plastiksack zu sich heran. Schnell öffnete Franzi den Plastikfaden. »Tatsächlich, jede Menge Plastikmüll.«

»Mann, das gibt es doch nicht«, ärgerte sich Marie. »Ob Fricke das wirklich war?«

Franzi zog das Fingerabdruckset und Einmalhandschuhe aus ihrem Beutel. Sie streifte die Handschuhe über und fischte eine Plastikverpackung aus dem Müllsack. »Norwegischer Zuchtlachs«, las sie vor. »Na toll, man lebt am Fluss und kauft verpackten Fisch aus einem anderen Land.«

Sie pinselte die Verpackung ein. Fingerabdrücke kamen zum Vorschein.

»Spannend«, fand Fine. »Ich habe noch nie gesehen, wie professionelle Detektivinnen arbeiten.«

Kim holte ihr Notizbuch hervor. Sie klappte es auf und blätterte zu der Seite mit Frickes Abdrücken. Marie hatte die neuen unterdessen mit Klebeband gesichert und klebte sie nun daneben in das Notizbuch.
Hoch konzentriert verglichen die Detektivinnen die Abdrücke. Franzi schüttelte den Kopf. »Ich glaube, die sind nicht von Peter Fricke.«
»So richtig zuordnen kann man es aber nicht«, meinte Marie. »Die hier auf der Lachsverpackung waren so fettig, dass sie teilweise verwischt sind.«
»Lasst uns noch mal mit Herrn Fricke sprechen«, entschied Kim.
»Wenn sie nicht von ihm sind, dann entsorgen auch noch andere Schwanbacher ihren Hausmüll im Fluss«, ärgerte sich Franzi.
»Sein Grundstück ist nicht weit«, sagte Fine. »Ich bringe euch mit meinem Wassertaxi hin.«
Nach kurzer Bootsfahrt waren sie bei der Trauerweide angelangt, die vor dem Grundstück ihre Zweige ins Wasser hängen ließ. Mit einem Sprung waren die Freundinnen am Ufer. Franzi hatte den Müllsack dabei.
»Haltet mich auf dem Laufenden!«, rief Fine ihnen zu. »Ich angele mal weiter.« Sie paddelte wieder los.
Die drei !!! gingen auf das Grundstück von Peter Fricke zu. Zunächst konnten sie ihn nicht sehen, aber dann kam er aus seinem Schuppen heraus.
Als er Kim, Franzi und Marie entdeckte, verzog er den Mund. »Na, wollt ihr mich wieder ärgern?«

»Na ja, solange Sie den Tieren und der Umwelt hier nicht das Leben schwer machen, tun wir Ihnen nichts«, konterte Kim.

»Wir haben mal wieder Müll gefunden.« Franzi hielt den Sack hoch.

Fricke seufzte. »Mensch, ich hab jetzt für sehr viel Geld bei der Stadt das *Rundum-sorglos-Müllabfuhr-Paket* abgeschlossen. Die Mülltonne wird morgen geliefert.« Er öffnete die Tür zu seinem Schuppen. »Hier seht ihr die beiden Müllsäcke, die ich aufbewahre, bis die Tonne da ist.«

Franzi öffnete den gerade gefundenen Müllsack. »Hier, diese Lachsverpackung ist also nicht von Ihnen?«

»Nee, wirklich nicht«, sagte der Mann ungehalten. »Ich würde nie so ein Schicki-Micki-Futter kaufen. Außerdem esse ich keinen Fisch.«

Er kam näher und lugte in den Sack. Mit spitzen Fingern holte er eine leere Bonbon-Tüte heraus. »Und Lakritz esse ich schon mal gar nicht. Und jetzt entschuldigt mich bitte.« Herr Fricke drehte sich um und verschwand in seinem Haus.

Die Vergangenheit ruhen lassen

»Hm. Hm. Hm.« Kim kratzte sich am Kopf.

»Marie, was meinst du? Hat er das jetzt nur gespielt oder hat er diesmal wirklich nichts verbrochen?«, fragte Franzi. »Als geborene Schauspielerin müsstest du das doch erkennen.«

Marie wiegte den Kopf hin und her. »Ich glaube, er hat nicht gespielt.«

»Wisst ihr was?« Kim setzte sich ihre Sonnenbrille auf. »Frau Menzel ist nicht zu Hause und auch nicht erreichbar. Aber die Zeit rast und wir wollen den Fall doch lösen, ehe wir wieder nach Hause fahren, oder?«

»Ja, auf jeden Fall«, sagte Franzi. »Was schlägst du also vor?«

»Wir sollten Herrn Menzel direkt ansprechen und fragen, was er aus der Villa getragen hat«, entschied Kim.

»Guter Plan.« Marie marschierte los. »Wir holen die Räder und gucken bei der Gelegenheit, ob Frau Menzel doch schon wieder zu Hause ist, und wenn nicht, fahren wir zu Herrn Menzel.«

Kim tippte auf ihr Display. »Ja, so machen wir es. Die Kanzlei

Menzel ist nämlich auch gar nicht in Schwanbach, sondern in Baumstetten, das ist zu weit weg mit dem Rad.«

Eine halbe Stunde später lehnten die drei !!! ihre Räder wieder an die Mauer des Kirchengrundstücks.
»Schade, dass Frau Menzel nicht da war.« Kim drückte auf den Klingelknopf.
Herr Menzel öffnete die Tür. Um seinen Hals hing eine E-Gitarre. »Hallo, kann ich euch helfen?«
»Ich bin Marie, und das sind Kim und Franzi.« Marie hielt Herrn Menzel die Hand hin. »Wir sind Detektivinnen und würden Sie gern zu einem Fall befragen.«
Herr Menzel runzelte die Stirn. »Worum geht es denn?«
»Ihre Ex-Frau hat uns beauftragt. Ihr wurden drei wertvolle Schmuckstücke entwendet und wir ermitteln in dem Fall«, erklärte Kim.
»Vorgestern haben wir eins der vermissten Schmuckstücke im Fluss gefunden«, berichtete Franzi. »Von den anderen Teilen fehlt bis jetzt jede Spur.«
»Genauso wie vom Täter«, ergänzte Marie.
»Ja, Astrid hat mir vor ein paar Wochen davon erzählt.« Herr Menzel nahm die Gitarre ab und lehnte sie an die Wand. »Und was wollt ihr jetzt genau von mir?«
»Wir haben gesehen, wie Sie und Ihre Tochter gestern am späten Nachmittag mehrere Kisten aus dem Haus Ihrer Ex-Frau getragen haben«, sagte Kim mit fester Stimme. »War das abgesprochen?«

»Oha!« Herr Menzel zog seine Augenbrauen hoch. »Und jetzt glaubt ihr, dass ich etwas gestohlen habe?«
»Vieles spricht dafür, aber wir wollen Sie auch nicht einfach beschuldigen«, erklärte Kim. »Sondern gerne Ihre Variante hören.«
»Na, dann kommt mal rein.« Herr Menzel machte eine einladende Geste und die drei Detektivinnen marschierten an ihm vorbei ins Haus. Durch einen Flur ging es in ein gemütliches Wohnzimmer mit einer Glasfront, durch die man in einen kleinen Garten blicken konnte. Dort wuchsen viele bunten Blumen und der Rasen war ungemäht.
»Ein Paradies für Bienen«, schwärmte Franzi.
»Und ein Paradies für Musiker«, ergänzte Marie mit Blick auf ein Schlagzeug und einen Ständer, in dem diverse E-Gitarren steckten.
»So ist es. Hier wird ordentlich gesummt und gedrumt«, sagte Herr Menzel und lächelte. »Wollt ihr etwas trinken?«, fragte er die Mädchen.
»Gerne ein Wasser«, sagte Marie.
Während Herr Menzel in der Küche verschwand, sahen sich die Detektivinnen um. »Es wirkt nicht so, als sei er besonders reich«, meinte Marie. »Aber hier lässt es sich doch bestimmt ganz gut leben.«
»Da hast du recht, Marie.« Herr Menzel kam mit drei Gläsern zurück, die er auf eine alte Trommel stellte, die als Couchtisch diente. Kim, Marie und Franzi setzten sich nebeneinander auf das grüne Cordsofa.

»Wisst ihr, meiner Ex-Frau ist es sehr wichtig, dass immer alles perfekt aussieht. Sie steht auf Luxus und hat hart dafür gearbeitet.« Herr Menzel nahm sich den Hocker von seinem Schlagzeug und setzte sich den Mädchen gegenüber. »Mir war das nie so wichtig. Ich möchte lieber das tun, was ich liebe.«
»Musik machen?«, fragte Franzi. Sie nippte an ihrem Glas.
»Genau.« Herr Menzel nickte. »Aber als unsere Kinder klein waren, habe ich mich mehr um sie gekümmert und meine Karriere auf Eis gelegt. Leider war ich dann irgendwann weg vom Fenster.« Wehmütig deutete Menzel auf eine vergoldete Schallplatte, die in einem Rahmen an der Wand hing.
»Sind Sie traurig, dass Ihre Karriere dann vorbei war?«, fragte Marie.
»Lange habe ich es vermisst, auf Tour zu gehen, aber damit komme ich jetzt klar«, erzählte er. »Allerdings war es etwas schwierig, einen Job zu finden, der mir Spaß macht. Ich gebe jetzt Kindern Schlagzeugunterricht. Das ist ziemlich gut.«
»Also haben Sie die Schmuckstücke nicht gestohlen?«, fragte Franzi.
Herr Menzel schüttelte den Kopf. »Meine Tochter Sofie denkt, dass mir ihre Mutter bei der Scheidung mehr Geld hätte zugestehen sollen, weil ich ihrer Meinung nach so viel geleistet habe.« Herr Menzel lächelte. »Dabei habe ich das alles sehr gern gemacht. Es war mir eine Ehre, meine Kinder beim Großwerden begleiten zu dürfen. Und wenn sie jetzt glücklich sind, ist das ein großartiger Lohn.«
»Sind sie das denn?«, fragte Marie direkt nach.

Herr Menzel zuckte die Schultern. »Ich hoffe es. Ich bin nicht sicher, ob Fabian der Richtige für Hannah ist. Ich kenne ihn aber auch nicht so gut.«

»Und was haben Sie jetzt gestern Nachmittag aus der Villa ihrer Frau herausgetragen?«, fragte Kim neugierig nach.

Herr Menzel stand auf und öffnete einen der Kartons, die in der Ecke neben dem Sofa standen. »Meine alte Schallplattensammlung«, erklärte er und holte eine Platte heraus. »Die wollte ich schon die ganze Zeit holen, aber es ist besser, wenn Astrid und ich uns nicht so oft begegnen. Und Sofie will leider auch nichts mit ihrer Mutter zu tun haben. Deshalb habe ich es lieber dann gemacht, wenn sie weg ist. Sie ist ja auch am Wochenende weiterhin meistens in der Kanzlei.«

»Und das ist alles? Mehr haben Sie nicht mitgenommen?«, hakte Marie nach.

»Ich wollte noch einen alten Armreif meiner Mutter mitnehmen, habe ihn aber nicht gefunden.« Herr Menzel seufzte. »Ich hätte ihn gern Sofie geschenkt, sie hat in ein paar Tagen Geburtstag. Leider kann ich den Flügel nicht mitnehmen, weil ich hier keinen Platz habe. Aber genau genommen gehört der auch mir.«

Die Türklingel läutete.

»Das ist Julius, mein Schlagzeugschüler.« Herr Menzel steckte die Platte wieder in die Kiste und stand auf. »Habt ihr noch Fragen?«

»Nein, danke, haben wir nicht.« Franzi nahm den letzten Schluck aus ihrem Glas. Als sie es wieder auf die Trommel stellte, gab es ein dumpfes Geräusch.

Die drei Mädchen verabschiedeten sich, während der Musikschüler von Herrn Menzel bereits hinter dem Schlagzeug Platz nahm.

Als sie wieder vor dem Haus standen, hörten sie, wie Herr Menzel seinem Schüler etwas auf dem Schlagzeug vorspielte.
Marie wippte im Takt mit. »Wow, nicht schlecht.«
»Er ist bestimmt ein guter Lehrer«, vermutete Kim.
»Glaube ich auch.« Marie machte ein paar Tanzschritte und blieb wieder stehen. »Und ich glaube nicht, dass er etwas mit dem Diebstahl zu tun hat. Er wirkt eher so, als hätte er mit der Vergangenheit ganz gut abgeschlossen.«
»Stimmt, besser als Sofie.« Franzi stieg auf ihr Rad. »Ich würde mir jetzt gern den Kopf frei paddeln.«
»Ich bin dabei!«, rief Marie.
Kim wiegte den Kopf hin und her. »Ich wollte eigentlich ein bisschen Tagebuch schreiben.«
»Das kannst du doch auch noch später!«, rief Franzi ihr über die Schulter zu.

Bei den Hausbooten angekommen, schlüpften die Detektivinnen wieder in ihre Neoprenanzüge und stiegen auf die SUP-Boards. David und sein Vater saßen im Boot und winkten ihnen zu.
Mittlerweile gelang es allen drei Detektivinnen, schnell in den Stand zu kommen. Die drei Mädchen paddelten nebeneinanderher.

»Irgendwie stecken wir in der Sackgasse«, stellte Kim fest. »Wenn Herr Menzel auch den alten Schmuck seiner Mutter nicht gefunden hat, kommt dann doch wieder Sofie infrage?«

»Weil sie dringend Geld braucht?« Franzi schüttelte den Kopf. »Ich kann mir nicht vorstellen, dass sie auch ihrem Vater schaden würde.«

»Guckt mal!« Franzi hatte wieder Fabian entdeckt, der mit seiner Angel im Motorboot saß und auf das Wasser starrte. Im selben Moment klingelte ihr Handy, das in einer wasserdichten Hülle um ihren Hals baumelte. Sie nahm das Gespräch an. »Hallo, Frau Menzel ... Was?« Franzi lauschte ins Telefon, Kim und Marie sahen sie neugierig an. »Klar, wir kommen.« Franzi steckte ihr Handy ein. »Der Dieb hat wieder zugeschlagen.«

Unheimliche Gestalten

Die drei !!! paddelten los und legten wenige Minuten später am Steg der Villa an.
Franzi zog das SUP-Board ans Ufer und legte es neben den Steg auf das Gras. »Wie gehen wir jetzt vor? Erzählen wir Frau Menzel, dass ihr Ex-Mann und Sofie unbefugt in die Villa marschiert sind?«
Marie legte ihr Board daneben. »Vielleicht findet Frau Menzel es ja auch nicht weiter schlimm, wenn die beiden ihren Besitz abholen?«
»Irgendwie denke ich, wir sollten das noch für uns behalten.«
Auch Kim bugsierte das SUP-Board an Land. »Es waren ja keine Fremden, und wir sind ziemlich sicher, dass sie nichts gestohlen haben.«
Schnell liefen sie den Weg am Zaun entlang zur Klingel.
Die Hausherrin erwartete die Detektivinnen bereits an der Tür. Franzi fiel auf, dass sie dunkle Augenringe hatte. »Schön, dass ihr da seid. Frau Weiß ist vor einer halben Stunde gegangen und ich möchte gerade einfach nicht allein sein.«

»Wo sind denn Hannah und Fabian?«, erkundigte sich Marie, die als Erste die Treppen zu Frau Menzel nach oben lief.

»Hannah arbeitet noch und Fabian scheint auf dem Wasser zu sein.« Frau Menzel ging vor den drei !!! durch den Flur.

»Ist es okay, dass wir in den Neoprenanzügen reinkommen?«, fragte Franzi. »Sie sind auch trocken.«

»Gar kein Problem.« Frau Menzel versuchte zu lächeln.

»Was ist denn verschwunden?«, fragte Kim.

»Ein sehr alter goldener Leuchter«, berichtete Frau Menzel traurig. »Ich habe ihn vor einigen Jahren auf einer Auktion in New York erstanden.«

»Ich habe ihn vorgestern gesehen«, sagte Franzi.

»Ja, heute Morgen war er auch noch da.« Frau Menzel ließ sich erschöpft auf ihrem Sofa nieder. »Fabian hat gestern am frühen Abend noch eine Überwachungskamera angebracht, die den gesamten Eingangsbereich filmt. Deshalb waren wir gestern Nachmittag in der Stadt. Um die Kamera und das Zubehör zu kaufen.«

»Haben Sie die Aufnahmen schon gesichtet?«, erkundigte sich Kim.

Frau Menzel nickte. »Zusammen mit Frau Weiß und ihrer Kollegin.«

»Und es war gar nichts Auffälliges zu sehen?«, wollte Franzi wissen.

Frau Menzel schüttelte den Kopf. »Langsam denke ich, ich werde verrückt. Warum verschwinden die Dinge einfach? Wenn man an Geister glauben würde …«

»Also dass das ein Geist war, glaube ich nicht«, sagte Marie mit fester Stimme. Sie deutete zu der großen offenen Küche, wo eine benutzte Pfanne auf dem Herd stand. »Haben Sie schon gegessen?«
»Nein, das muss Fabian gewesen sein«, erklärte Frau Menzel.
»Wir haben ihn vorhin auf dem Wasser gesehen, da wollte er Fisch fangen und heute für alle kochen«, berichtete Kim.
»Er hat sich wohl doch den Lachs aus dem Kühlschrank gebraten.« Frau Menzel fuhr sich durch ihre kinnlangen Haare. »Ach, ich habe sowieso kaum Appetit. Was kann ich denn tun, damit ich hier in diesem Haus nicht verrückt werde? Warum verschwinden nach und nach Wertgegenstände?«
»Ich nehme an, die Polizei hat bereits alles nach Fingerabdrücken abgesucht?«, erkundigte sich Kim.
Frau Menzel nickte. »Nichts. Und abermals keine Einbruchspuren.«

Franzis Kopf rauchte, als sie wieder auf den SUP-Boards Richtung Hausboot paddelten. Die drei !!! hatten noch auf Hannah gewartet und mit den beiden Frauen verabredet, sich wieder zu melden. Sie mussten unbedingt in Ruhe nachdenken.
»Gut, dass Hannah jetzt da ist«, sagte Marie. »Frau Menzel muss sich ausruhen. Hoffentlich schläft sie.«
Kim schob ihr Paddel kraftvoll durch das klare Wasser. »Ich verstehe nicht, warum Frau Menzel und ihre Töchter nicht mal miteinander sprechen und versuchen, die Vergangenheit gemeinsam aufzuarbeiten?«

Marie seufzte. »Na ja, das ist auch nicht so einfach, wie du das jetzt darstellst, oder?«
»Das stimmt.« Franzi zog das Paddel aus dem Wasser und ließ sich treiben. »Dahinten ist schon wieder Fabian!«
In rasantem Tempo kam der große Mann auf dem Motorboot näher. »Habt ihr den Müll gefunden?«, rief er ihnen entgegen. Er bremste abrupt. Wellen schlugen gegen die SUP-Boards der Mädchen.
Kim schwankte, aber schaffte es, das Gleichgewicht zu halten.
»Ja, haben wir«, sagte Franzi. »Wir wissen aber nicht genau, ob der Müll auch von Fricke kam.«
»Warum denn nicht?« Fabian runzelte die Stirn. »Meint ihr, es gibt in Schwanbach noch einen Umweltsünder?«
»Das kann schon sein«, bestätigte Marie.
Fabian wühlte in seiner Jackentasche, dabei fiel ein Baumwollhandschuh heraus. Franzi warf ihren Freundinnen einen Blick zu. »Wofür brauchst du die denn?«
»Ich habe heute meinen Computer repariert, da musste ich vorsichtig sein«, erklärte Fabian. Er steckte den Handschuh wieder ein und holte drei Bonbons aus der anderen Tasche. »Wollt ihr?«
»Ja, gerne.« Kim stockte. »Oh, Lakritzbonbons?«
Franzi räusperte sich laut. »Danke, wir nehmen gern eins.«
Sie griff zu, wickelte das Bonbon aus und steckte es sich in den Mund.
Fabian hielt ihr die Hand hin. »Das Papier kannst du mir geben.«

Aber Franzi hatte es schon in den Ärmel ihres Neoprenanzugs gesteckt. »Danke, geht schon.«
Auch Kim und Marie nahmen ein Bonbon entgegen. Sie machten es Franzi nach und verabschiedeten sich.
So schnell sie konnten, paddelten sie zurück zu den Hausbooten.
David kam ihnen entgegen und nahm Kim in den Arm. »Wollen wir jetzt zusammen Boot fahren?«
Kim wand sich aus seiner Umarmung. »Leider kann ich gerade nicht.«
»Lass mich raten: Es hat mit eurem Fall zu tun?«
»Genau.« Kim lächelte entschuldigend. »Je schneller der gelöst ist, desto eher kann ich mit dir Boot fahren.« Sie gab ihm einen Kuss.
Die Detektivinnen rannten zum Hausboot. Franzi zupfte das Bonbonpapier aus dem engen Bund ihres Anzugärmels. »Diese Lakritzbonbons isst ja wirklich nicht jeder«, sagte sie, während die Detektivinnen Hand in Hand arbeiteten und Fingerabdrücke davon nahmen.
Anschließend beugten sie sich darüber und betrachteten alles ganz genau.
»Es scheint, als hätte Fabian den Müllsack in den Fluss geworfen«, stellte Franzi fest. »Die Abdrücke von den Bonbons gleichen denen, die wir im zweiten Müllsack gefunden haben.«
»Dann ist Herr Fricke dieses Mal also wirklich unschuldig«, folgerte Kim.
»Nur warum entsorgt Fabian Weste Müll im Fluss?« Marie

stand auf, lief zur kleinen Küche und holte sich ein Glas Wasser. »Das macht nun wirklich überhaupt keinen Sinn.«

Kim nickte. »Frau Menzel hat sicher auch das *Rundum-sorglos-Müllabfuhr-Paket* abgeschlossen. Bestimmt sogar die Luxus-Variante.«

»Also verfolgt Fabian damit irgendein Ziel?«, überlegte Marie. »Was könnte das sein? Er wird doch bestimmt nicht absichtlich das Wasser verschmutzen?«

»Könnte er Herrn Fricke was anhängen wollen?«, überlegte Kim.

»Das kann natürlich sein. Dass das seine Hauptmotivation ist, kann ich mir allerdings nicht vorstellen.« Franzi setzte sich in den Schneidersitz. »Könnte es sein, dass er uns auf eine falsche Fährte bringen will?«

Kim riss die Augen auf. »Oder will er uns irgendwie ablenken?«

»Er hat gesagt, dass er seit heute Morgen auf dem Fluss unterwegs ist, aber er war zwischendurch in der Villa und hat sich was gebraten«, überlegte Marie.

Franzi rieb sich die Schläfen. »Sag mal, Kim, hat dein Vater nicht auch solche Handschuhe wie Fabian eben, wenn er Kuckucksuhren repariert?«

»Nee, dafür sind die zu grob. Er trägt die eher, wenn er fertig ist und alles noch mal reinigt«, berichtete Kim.

»Auch um Fingerabdrücke abzuwischen?«, fragte Franzi.

»Ja, dafür auch«, bestätigte Kim.

»Denkt ihr, was ich denke?«, fragte Franzi.

»Willst du darauf hinaus, dass Fabian mit dem Diebstahl des Schmucks etwas zu tun haben könnte?«
Franzi nickte.
»Wir sollten uns das Überwachungsvideo noch mal genauer ansehen«, schlug Kim vor.
Schnell zogen sich die Detektivinnen um und düsten in sommerlichen Klamotten mit den Rädern wieder zur Villa Schwanstein.

»Vielleicht schläft Frau Menzel noch«, vermutete Kim. Durch die Tür war eine schöne Klaviermelodie zu hören. Vorsichtig klopfte sie an die Tür.
Die Klaviermusik erstarb und nach einer Weile öffnete Hannah die Tür einen Spaltbreit. »Hallo, meine Mutter ist noch nicht wieder aufgewacht«, sagte sie.
Marie nickte. »Sie soll sich ausruhen. Wir würden uns sehr gerne noch mal das Video der Überwachungskamera ansehen, geht das?«
»Klar, kommt rein.« Hannah machte eine einladende Geste. »Ich habe es auf meinem Laptop schon mehrfach angesehen, aber nichts festgestellt.«
Die drei !!! nahmen neben Hannah auf dem Sofa Platz. Sie hatte den Computer auf ihre Knie gestellt und klappte ihn auf.
»Wo ist Fabian eigentlich?«, fragte Marie.
»Er angelt«, berichtete Hannah. »Aber er fängt nie einen Fisch.«
»Das kenne ich.« Kim lachte. »Mein Freund will auch keine

Fische fangen, er sitzt nur die ganze Zeit mit der Angel in der Hand herum.«

»Ich glaube, Fabian genießt einfach die Natur.« Hannah startete ein Video.

Die Freundinnen starrten gebannt auf den Bildschirm. Der gesamte Eingangsbereich der Villa war zu sehen. Hannah drückte auf Schnelldurchlauf. Außer einem Vogel, der auf einem Ast landete war kein Lebewesen zu sehen.

»Hannah? Bist du da?«, rief Frau Menzel aus dem ersten Stock.

»Ja, Mama, ich komme gleich.«

Kim wühlte in ihrem Beutel und holte einen kleinen Computer-Stick heraus. »Darf ich das Video auf meinen Stick ziehen und den Film auf meinem Laptop noch mal in Ruhe ansehen?«

»Ja, natürlich.« Hannah reichte Kim ihren Computer.

»Komisch, dass Fabian nie einen Fisch fängt, wenn er doch andauernd angelt«, wunderte sich Franzi eine Stunde später, als die drei Detektivinnen vor Kims Laptop auf dem Bett in ihrem Hausboot saßen. »Und ich glaube nicht, dass er einfach nur die Natur genießt.«

»Ja, das stimmt. Außerdem hat er sich gekauften Fisch gebraten«, überlegte Marie. »Vielleicht Lachs aus Norwegen?«

»Ich komprimiere das Video jetzt«, kündigte Kim an.

»Aha. Das klingt sehr professionell« Marie nickte anerkennend.

»Ich muss nur die Datei umwandeln«, murmelte Kim, während sie konzentriert auf den Bildschirm starrte und dabei Befehle mit der Tastatur gab.

»Und jetzt schicke ich es per E-Mail an Bente.«

»Sehr gut.« Marie wählte Bentes Nummer. Die Schülerin war ein Computer-Genie und konnte sich sogar in fremde Computer einloggen. Vor längerer Zeit war sie mal in einen Fall verstrickt gewesen, in welchem die drei !!! ermittelt hatten.

»Hallo, Bente«, sagte Marie. »Super, dass wir dich erreichen. Geht's dir gut?« Marie lauschte. »Ja, danke, uns auch. Du, sag mal, wir sind an einem neuen Fall dran und Kim hat dir gerade ein Video geschickt. Ach, ist schon angekommen? ... Super. Kannst du es dir mal ansehen und gucken, ob dir etwas auffällt? ... Danke.« Marie beendete das Gespräch. »Sie ruft gleich zurück.«

Während die Mädchen auf Bentes Anruf warteten, sahen sie sich das Video noch mal im Schnelldurchlauf an.

»Bis auf den Moment, wo Frau Menzel, Hannah und Fabian das Haus verlassen, ist da nichts.« Kim spulte zum Anfang des Videos. »Die Aufnahme beginnt gestern Abend. Das muss der Moment gewesen sein, als Fabian die Kamera angebracht hat.«

»Also nachdem Herr Menzel und Sofie im Haus waren. Dann weiß Frau Menzel vermutlich immer noch nichts davon.« Franzi zog das Haargummi an einem ihrer Zöpfe fest. »Und weil der gesamte Frontbereich des Hauses auf dem Bild zu sehen ist, wird da einfach niemand ins Haus gegangen sein.«

»Vielleicht ist der Einbrecher auch über die Terrasse oder ein Fenster eingestiegen?«, überlegte Marie.

»Oder jemand hat das Video manipuliert«, murmelte Kim.
»Vielleicht jemand, der Plastikmüll von teuren Lebensmitteln in den Fluss wirft?«, äußerte Franzi vorsichtig.
Kim betrachtete das Foto, das Hannah ihr geschickt hatte. »Hannah sieht Fabian darauf so verliebt an und er guckt weg.«
Marie seufzte. »Langsam beschleicht mich das ungute Gefühl, dass er vielleicht gar nicht so verliebt ist?«
»Mich auch.« Franzi atmete besorgt aus.
Maries Handy klingelte. »Hi, Bente, das ging ja schnell ... Echt?«
Kim und Franzi starrten Marie neugierig an.
»Kim, spul mal so weit, bis oben rechts im Bild 10:03 Uhr steht«, sagte Marie mit dem Telefon am Ohr.
Kim spulte. »Und jetzt?«
»Bente, ich stelle dich auf laut.« Marie tippte auf das Display und legte ihr Handy neben Kims Laptop.
»Hi, Bente!«, rief Kim.
»Hallo!«, rief Bente zurück. »Hast du an die richtige Stelle gespult?«
»Ja, worauf sollen wir jetzt achten?«, fragte Kim.
»Das Video ist ein etwas längerer Loop, eine Endlosschleife. Es spielt im Prinzip immer wieder das Gleiche ab. Seht ihr den Vogel?«
»Ja!«, rief Franzi. »Er macht einen Fleck auf die Windschutzscheibe des parkenden Autos.«
»Genau. Und zehn Minuten später ist der Fleck weg. Kurze

Zeit danach kommt der Vogel wieder. Das wiederholt sich andauernd.«

»Das hätte uns aber auch auffallen müssen«, sagte Kim.

»Es ist echt gut gemacht«, erklärte Bente. »Da kennt sich jemand mit Computern aus.«

»Jemand, der Websites macht und Überwachungskameras installiert«, sagte Franzi düster.

Die drei !!! verabschiedeten sich von Bente und sahen sich alarmiert an.

Franzi sprang auf. »Am besten, wir nehmen Fabian ins Visier und beschatten ihn. Wir sollten erst mal mit niemandem darüber sprechen. Weder mit Frau Menzel noch mit Tara Weiß …«

Im selben Moment klopfte es an die Tür.

»Kein Wort zu David«, flüsterte Franzi.

Kim nickte. »Herein!«

Die Tür ging auf und David stand im Türrahmen. »Wie wäre ein gemeinsamer Spaziergang, um den Sonnenuntergang zu bewundern, und anschließend ein Candle-Light-Dinner?« Er zeigte zum Himmel. »Heute Nacht ist Vollmond und ich habe mir einen Smoothie zum Anstoßen für euch ausgedacht. Er heißt *Mond-Balance.*«

»Ach, das ist ja so süß!«, flötete Marie.

»Ja, superlieb von dir, aber … ich … also wir …«, druckste Kim herum.

Franzi merkte, wie schwer es ihr fiel, David schon wieder sagen zu müssen, dass sie nicht da sein würden.

»Wir sind in unseren Ermittlungen vorangekommen«, verriet

Kim schließlich. »Es kann sein, dass wir kurz davor sind, den Fall zu lösen.«
David nahm Kim in den Arm. »Wow, das ist ja toll!«
»Ja.« Kim wand sich aus Davids Umarmung. »Wir müssen gleich noch etwas recherchieren.«
»Ach so.« David seufzte. »Na gut. Beeilt ihr euch?«
»Versprochen! Und bis dahin genießt du einfach die Zeit mit deinem Vater!« Kim wühlte eine längliche Holzkiste aus ihrer Tasche und gab sie David. »Ihr könnt auch Backgammon spielen. Oder du fängst mit dem neuen Kapitel für unseren Liebesroman an.«
»Okay. Überredet.« Mit dem Spiel unter dem Arm verschwand David wieder.
Kim ließ die Schultern hängen. »Er ist so lieb und ich habe ein schlechtes Gewissen.«
Marie legte ihren Arm um Kim. »Das verstehe ich beides. Aber vielleicht knacken wir den Fall ja heute noch und können die nächsten beiden Tage dann *Mond-Balance* trinken und entspannen.«
»Das ist ein sehr guter Plan.« Franzi zog ihre Turnschuhe an. »Wir sollten am besten gleich los.«
Marie hielt ihren Arm aus dem Fenster. »Das wird eine laue Sommernacht.« Kim fischte sich ein dunkelblaues T-Shirt aus der Tasche und zog es über ihr rotes Top. »Tarnfarben sind das A und O«, erklärte sie.
Es dämmerte bereits, als die Mädchen den kleinen Weg am Fluss entlang zur Villa liefen. Die Sonne tauchte den Himmel

in orangefarbenes Licht. Der Fluss, der am Tag bei Sonnenschein so schön glitzerte, wirkte jetzt dunkel und unergründlich. Wie eine geheimnisvolle Straße schlängelte er sich durch die Landschaft. Die Wasseroberfläche war spiegelglatt, es war komplett windstill.

Ihre Schritte wurden von dem weichen Erdboden abgefedert. Unter ihren Füßen knackte hin und wieder ein Ast.

»Hoffentlich ist David nicht zu traurig, dass wir die ganze Zeit ohne ihn unterwegs sind.« Kim seufzte.

»Wer weiß, vielleicht treibt ihn die Sehnsucht ja dazu, euren Roman weiterzuschreiben. Das könnte sehr romantisch werden.« Marie lächelte. Sie fischte ihr Handy aus der Tasche. »Holger hat geschrieben.«

Schnell tippte sie eine Nachricht und hielt inne. »Hört ihr das auch?«

Franzi nickte. »Ja, ich höre den Ruf einer Eule.«

Marie startete die Tonaufnahmefunktion auf ihrem Handy. Sie hielt den Finger vor den Mund. »Pst.«

Die Detektivinnen lauschten eine Weile.

»Das klingt irgendwie unheimlich«, fand Kim.

»Ich werde es mal dem Vogelkundler schicken.« Marie tippte eine Nachricht.

Franzi und Kim sahen sich an und schüttelten die Köpfe.

Im selben Moment klingelte Franzis Handy. Sie zog es aus der Tasche und blickte auf das Display. »Das ist Blake.« Sie zögerte, steckte das Handy dann aber wieder ein.

Kim runzelte die Stirn. »Willst du nicht rangehen?«

»Ich möchte lieber in Ruhe mit ihm sprechen«, erklärte Franzi.
»Wollen wir nicht doch lieber wieder zurückgehen«, fragte Kim. »Ich bin mir nicht richtig sicher, was wir heute Abend davon haben, Fabian zu beschatten. Es wird gleich dunkel.« Sie fröstelte. »Findet ihr nicht, dass im Zwielicht alles so gespenstisch wirkt?«
»Ja, es sieht märchenhaft und unwirklich aus«, fand auch Marie.
»Wir wissen überhaupt nicht, ob Fabian heute die Villa noch verlässt«, sagte Kim.
»Aber jetzt tatenlos im Hausboot zu sitzen, ist einfach nicht auszuhalten.« Franzi seufzte. »Ich habe mein Fernglas dabei. Vielleicht können wir ihn durch eins der Fenster beobachten. Und allgemein ist es gut, die Villa mal eine Zeit lang genauer unter die Lupe zu nehmen. Wer weiß, was da vor sich geht.«
»Meinst du etwa auch, dass es da Gespenster gibt?«, fragte Marie. Sie war im Gegensatz zu Kim und Franzi übersinnlichen Phänomenen gegenüber aufgeschlossen.
Ein Schatten huschte über ihre Köpfe. Die Freundinnen erschraken.
»Was war das?« Kim duckte sich hinter Franzi.
»Bestimmt eine Fledermaus«, flüsterte Franzi. »Nicht vergessen: Wir sind am Fluss, es wird langsam dunkel. Hier gibt es Tiere, wie Mäuse, Fledermäuse und Vögel.«
Marie wich einem tief hängenden Ast aus. »Und Ratten?«
Franzi zuckte die Schultern. »Vielleicht. Aber die tun uns nichts und haben mehr Angst vor uns als wir vor ihnen.«

»Das beruhigt mich nicht wirklich«, gab Kim zu.
»Vielleicht gibt es im Fluss ja auch das Müllmonster«, scherzte Franzi.
Kim musste lachen. »Wo wir schon gleich da sind, okay, meinetwegen. Wir legen uns eine Weile auf die Lauer. Wenn nichts passiert, kommen wir morgen früh wieder.«
»So machen wir es.« Franzi lief voran, Kim und Marie pirschten hinter ihr her. Die Villa war bereits in Sichtweite. Einige Fenster waren hell erleuchtet, andere stockdunkel. Durch die große Glasfront konnten die Detektivinnen sehen, dass Frau Menzel auf dem Sofa saß, eingehüllt in eine Decke. Ihre Tochter brachte ihr gerade eine Tasse Tee.
»Irgendwie tut sie mir leid«, meinte Marie. »Sie hat ja auch einfach hart gearbeitet, damit sie ihren Töchtern eine gute Ausbildung ermöglichen kann. Und jetzt ist Sofie so sauer auf sie.«
»Herr Menzel tut mir auch leid«, überlegte Kim. »Er hat seinen größten Traum aufgegeben, damit seine Kinder glücklich groß werden und seine Frau sich selbst verwirklichen kann.«
»Im Gegensatz zu Frau Menzel wirkt er zufrieden«, fand Marie.
»Da siehst du mal wieder, dass Geld und Erfolg allein nicht glücklich machen«, verkündete Franzi.
Die drei !!! waren am Steg angekommen.
Marie lief ein Stück weiter. Sie stellte sich unter die herunterhängenden Äste einer Trauerweide und winkte Franzi und Kim zu sich heran. »Kommt!«
Aus ihrem Versteck heraus beobachteten die drei !!!, was im In-

neren der Villa vor sich ging. Franzi spähte durch ihr Fernglas. »Fabian steht am Herd. Der kocht irgendwas, glaube ich. Leider kann ich nicht sehen, was.«
Ein Knurren war zu hören.
Marie erschrak.
»Das war mein Magen«, gab Kim zu. »Ich habe Hunger.«
Plötzlich war ein lautes Knacken zu hören. Die drei !!! fuhren vor Schreck zusammen. Franzi ließ das Fernglas fallen. Ihr Atem beschleunigte sich.
»Was war das?«, flüsterte Kim.
»Nicht dein Magen?«, fragte Marie mit zittriger Stimme.
Konzentriert suchte Franzi die dunkle Umgebung ab, aber sie konnte nichts erkennen. »Ist hier jemand?«, fragte sie, aber es kam keine Antwort.
»Los, lasst uns zum Hausboot zurück«, wisperte Kim.
Im selben Moment knackte es wieder sehr laut, gefolgt von einem ohrenbetäubenden Knarzen.
Die drei !!! erschraken fürchterlich.
Ganz in ihrer Nähe platschte etwas ins Wasser.
Franzi drehte sich um und sah, dass ein Baumstamm in den Fluss gekracht war und nun an der Oberfläche schwamm. »Oh, mein Gott«, brachte sie hervor. »Neben uns ist gerade eine hundert Jahre alte Eiche ins Wasser gestürzt.«
Kim schüttelte den Kopf. »Einfach so?«
»War das ein Baumgeist?«, versuchte Marie zu scherzen.
Vorsichtig schlich Franzi ein paar Schritte zu der Stelle, an welcher der Baum ins Wasser gefallen war. Sie entdeckte ein pelzi-

ges Tier am Ufer. »Kim, Marie, da ist ein Biber«, flüsterte sie. Im selben Moment glitt das Tier in den Fluss. Kurz war noch der pelzige Rücken zu sehen, dann tauchte der Biber ab.
Franzi atmete auf. »Das ist ja gerade noch mal gut gegangen.« Sie hielt sich wieder das Fernglas vor die Augen. »Hm, ich sehe jetzt nur noch Hannah und ihre Mutter. Fabian ist ... AH!!!«
Franzi schrie auf. Sie stürzte zu Kim und Marie und zerrte die beiden ins Unterholz an die Stelle, wo sie gerade noch den Biber gesehen hatte.
Mit weit aufgerissenen Augen sahen Kim und Marie sie an.
»Was ist?«, fragte Kim tonlos.
Franzi hielt den Finger an die Lippen. Ihr Atem ging schnell, ihr Herz raste so wild, als würde sie auf einem reißenden Fluss auf einen Wasserfall zuschwimmen. Sie deutete nach vorne, wo eine schwarz vermummte Gestalt wenige Meter entfernt mit einem großen Sack auf den Steg schlich.
Aus ihrem Versteck heraus beobachteten die drei !!!, wie die vermummte Person den Sack auf das Motorboot von Frau Menzel hievte. Dann kam sie mit großen Schritten auf die drei !!! zu.
Kim, Franzi und Marie stockte der Atem.

Gefährliche Verfolgungsjagd

Zusammen mit Kim und Marie wich Franzi zurück, immer weiter in das Unterholz, nahe am Ufer. Hatte die Gestalt sie gesehen?
Plötzlich blieb die Person stehen und zog einen Stab unter einem Baumstamm hervor. Im Mondschein konnte Franzi sehen, dass dieser ebenfalls einen Widerhaken hatte, so wie Fines Müllangel. Die Gestalt legte den langen Gegenstand auf die Rückbank, dann sprang sie auf das Boot und startete den Motor.
Die drei !!! atmeten auf.
Sie beobachteten, dass die Gestalt nun langsam flussaufwärts fuhr.
»Was macht die Person da?« Franzi zog ihr Fernglas hervor und blickte hindurch. Im Mondlicht konnte sie nicht viel sehen.
»Und was machen wir jetzt?«, fragte Marie.
»Am besten, wir holen die SUP-Boards«, flüsterte Franzi.
»Wir sollen der dunklen Gestalt auf dem Wasser folgen?«, fragte Kim. Fröstelnd rieb sie sich die Oberarme. »Ist das nicht zu gefährlich?«

»Wenn wir prüfen wollen, was er oder sie macht, müssen wir so nahe wie möglich an sie heran.« Franzi streckte den Arm aus. »Ich weiß, was wir jetzt brauchen.«
»Gute Idee.« Kim nickte. Sie legte ihre Hände auf Franzis Hand, Marie tat es ihr nach. *»Die drei !!!«,* flüsterten alle drei im Chor. Franzi wisperte »Eins!«, Kim »Zwei!« und Marie »Drei!«. Dann warfen sie die Arme in die Luft und riefen leise: »Power!!!«
Auf den Powerspruch war Verlass. Wie jedes Mal, wenn die drei !!! ihn durchführten, spürte Franzi, dass eine Energie-Welle durch ihren Körper schwappte. Auch Kim und Marie schien der Spruch gutgetan zu haben. Geduckt pirschten sie los. Zum Glück war das Ufer mit Büschen, Bäumen und Schilfgras so dicht bewachsen, dass die Gestalt sie nicht sehen konnte. Immer noch fuhr das Motorboot langsam flussaufwärts. Sie hatten es beinahe eingeholt. Plötzlich hielt es an. Der Motor ging aus. Franzi sah durch das Gras, dass die Person in ihre Richtung blickte. Hatte sie die drei !!! entdeckt?
»Stopp«, wisperte Franzi und Kim und Marie blieben stehen. Geduckt harrten sie aus.
Die vermummte Gestalt hielt nun den Stab ins Wasser. Selbst durch ihr Fernglas konnte Franzi nicht erkennen, wer es war. »Los, weiter!«
Sie rannten zu ihrem Hausboot und schlichen sich hinein. Davids Stimme und die seines Vaters wehten vom Ufer zu ihnen herüber. Das Klackern von Würfeln in einem Würfelbecher war zu hören.

»Ich würde jetzt auch lieber Backgammon spielen«, flüsterte Kim.

»Morgen können wir das hoffentlich den ganzen Tag machen«, flüsterte Marie zurück. Sie steckte ihr Telefon in die wasserfeste Hülle und hängte sie um den Hals. Kim und Franzi taten das Gleiche.

»Dann los.« Franzi wollte durch die Tür auf das Deck treten, aber Kim hielt sie am Ärmel fest. »Du willst doch wohl nicht in normalen Klamotten auf das SUP-Board?«

»Wir sind immer besser geworden«, entgegnete Franzi. »Und wir müssen uns beeilen.«

Entschieden schüttelte Kim den Kopf. »Ohne Neoprenanzug und Rettungsweste gehe ich in der Dämmerung nicht auf das Board.«

»Ich finde, sie hat recht«, sprang Marie Kim bei. Sie zog bereits ihre Jeans aus und stieg in den Anzug.

»Na gut, ist ja auch besser so«, gab Franzi sich geschlagen.

Als alle drei umgezogen waren, schlüpften sie aus dem Hausboot.

Ein kleiner Jubelruf von David war zu hören.

Kim hielt den Daumen nach oben. »Er hat gewonnen.«

»Damit ist eins für immer geklärt.« Marie grinste. »Der Spruch, wer Glück im Spiel hat, hat Pech in der Liebe, stimmt nicht.«

Kim lächelte, wurde dann aber wieder ernst. »Wollen wir die SUP-Boards ein Stück näher an die Stelle tragen, wo wir gerade die vermummte Gestalt gesehen haben?«

»Guter Plan«, ächzte Marie.
»Echt schwer, so ein SUP-Board«, stöhnte Kim, als sie die Boards am Ufer ablegten. Hinter dem Schilf gingen sie wieder in Deckung.
Franzi spähte durch die Halme. »Die Gestalt ist immer noch da. Sie hält den Stab ins Wasser. Angelt sie?«
Marie schnappte sich das Fernglas. »Es ist so dunkel. Ich kann es nicht erkennen«, flüsterte sie. »Es sieht auf jeden Fall sehr konzentriert aus.«
»Wenn wir jetzt auf die Boards steigen, kann die Person ja mit dem Boot auch flüchten«, wisperte Kim.
»Wenn sie etwas Verbotenes tut, wird das vielleicht so sein, aber dann können wir wenigstens sehen, ob sich unser Verdacht bestätigt, dass es Fabian ist.« Franzi schob ihr SUP-Board vorsichtig Richtung Ufer. Das Schilf raschelte. Sie hielt inne. Die Person auf dem Motorboot sah in ihre Richtung. Alle drei Detektivinnen erstarrten zu Salzsäulen. Franzi hielt den Atem an. Sekunden vergingen, doch dann drehte sich die vermummte Gestalt wieder weg. Blitzschnell schob Franzi das SUP-Board auf das Wasser und stieg darauf. Hinter ihr kamen Kim und Marie auf ihre Boards. Franzi stieß das Paddel ins Wasser und schob es mit aller Kraft nach hinten. Sie blickte wieder auf. Jetzt hatte die Person sie bemerkt. Sie zog die Stange aus dem Wasser und startete den Motor. Franzi wechselte die Seite und zog das Paddel wieder mit aller Kraft durch das Wasser. Sie wollte unbedingt sehen, wer sich da auf dem Boot befand. Seitlich fuhr sie darauf zu.

»Franzi, pass auf!«, rief Kim hinter ihr.
Im selben Moment fuhr die Person los.
»Stopp!«, rief Franzi der Person zu, die sich für einen kurzen Moment zu ihr drehte. Sie hatte eine schwarze Kapuze auf und ein Halstuch vor Mund und Nase, aber die eisblauen Augen, die im Mondlicht noch blauer leuchteten, waren unverkennbar.
»Fabian!«, schrie Franzi. »Was machst du denn da?«
Aber Fabian Weste antwortete nicht, sondern lenkte das Boot um Franzi herum und gewann an Geschwindigkeit.
Franzi drehte.
»Wir schaffen das nicht!«, keuchte Kim.
»Wir müssen es versuchen!«, rief Franzi. »Marie, kannst du Frau Weiß anrufen? Sie muss kommen und ihm den Weg abschneiden. Am besten, sie geht auf Höhe der Villa Schwanstein ins Wasser. Schnell!«
»Ja!«, rief Marie. »Ich sage auch David Bescheid!«
Franzi stieß ihr Paddel ins Wasser. Mit ausholenden Bewegungen zog sie es nach hinten durch. Kim war direkt hinter ihr.
»Der ist zu schnell für uns«, stöhnte sie. »Er hat außerdem einen Motor!«
Fabian drehte sich zu den Mädchen um, dann fuhr er eine scharfe Kurve und raste wieder an ihnen vorbei.
Auch Kim und Franzi machten eine Wende. Wieder wurde der Abstand zwischen dem Motorboot und den SUP-Boards größer.
Sie fuhren auf Marie zu, die ihr Handy verstaute und versuchte, Fabian den Weg abzuschneiden. Er musste sein Tempo verrin-

gern und fuhr in einer Kurve an Marie vorbei. Wellen schlugen gegen das Board.

»Ich hab David nicht erreicht!«, rief Marie und paddelte nun auch wieder hinter Fabian her. »Aber Frau Weiß und Fine.« Marie sah sich um. »Wo ist er denn jetzt?«

Fabian Weste war nicht mehr zu sehen, nur die Wellen, die er aufgewirbelt hatte. Auch das Geräusch des Motors konnte Franzi nicht mehr hören. Sie holte das Paddel aus dem Wasser und ließ sich weitertreiben. »Er ist entweder rechts oder links an der Insel vorbei.« Sie zeigte auf die Stelle, an der sich der Fluss teilte. Wie eine kleine Insel ragten in der Mitte Schilf und ein Baum hervor. Geradeaus war der Fluss breiter, nach rechts wurde er schmaler. »Wir teilen uns auf!«, rief Franzi.

»Ich fahre rechts lang.« Kim paddelte auf den kleinen Flussarm zu.

Während Kim nun nach rechts lenkte, paddelten Franzi und Marie nach links. Franzi kniff die Augen zusammen, konnte aber kein Motorboot erkennen. »Siehst du was?«, fragte sie Marie.

»Nein«, antwortete die außer Atem. »Wahrscheinlich ist er weg.«

»Was hat er denn da bloß gemacht vorhin?«, fragte Franzi, die noch mal einen Zahn zulegte.

»Irgendwas hat er zu verbergen, sonst wäre er ja nicht geflohen«, keuchte Marie.

»Komisch, wir wissen ja, wo er wohnt«, sagte Franzi.

»Vielleicht will er nicht nach Hause zurück?«, überlegte Ma-

rie. »Er kann sich jetzt auch denken, dass wir sein Verhalten melden und dem nachgehen. Und er hatte doch einen so großen Sack dabei.«
»Nicht, dass er uns etwas antun will …« Franzi stockte. Sie waren am Ende der Flussteilung angekommen, hier vereinigten sich die beiden Arme wieder zu einem Fluss. »Wo ist Kim?«
Franzi machte eine Drehung und paddelte den Fluss auf Kims Seite ein Stück zurück, aber von Kim keine Spur.
»Kim!«, schrie Franzi. »Wo bist du?«
Es kam keine Antwort. Franzi wurde heiß, Panik stieg in ihr auf.
»Kiiiimmmm!«, schrie Marie, so laut sie konnte. Die beiden hielten die Paddel in der Luft und lauschten.
»Ich höre ein Plätschern!« Marie zeigte geradeaus. »Dahinten!«
Die beiden paddelten los. Franzi aktivierte all ihre Energie. Auch Marie neben ihr führte ihre Bewegungen mit voller Kraft aus. Der Fluss machte eine leichte Biegung. »Da ist ihr Board!«, rief Marie.
Das blaue SUP-Board, auf dem Kim gerade noch gepaddelt war, schwamm auf dem Wasser. Wellen klatschten dagegen und trieben es Richtung Ufer.
»Kim!«, schrie Franzi wieder und dann machte sie eine Entdeckung: »Dahinten ist ein Wasserfall!«
»Was?«, schrie Marie panisch.
»Sie trägt eine Rettungsweste und hat mehrere Schwimmabzeichen«, versuchte Franzi sich selbst und Marie zu beruhigen.

Die Panik breitete sich dennoch in Wellen in ihrem Körper aus.
»Wir können da nicht so nah ranfahren, wir wissen nicht, wie weit das runtergeht.«
»Warum hat uns niemand von dem Wasserfall erzählt?« Marie hielt das Paddel in die Luft.
»Das würde jetzt auch nichts ändern!«, rief Franzi. Vorsichtig versuchte sie sich dem Wasserfall zu nähern, aber sie konnte nicht viel erkennen.
Wie aus dem Nichts kam Fine auf einem Motorboot zu ihnen gebrettert.
»Woher hast du das Boot?«, fragte Marie atemlos.
»Es gehört meinem Opa, er wohnt hier ganz in der Nähe«, erklärte Fine und sah sich um. »Wo ist Kim?«
Ehe Franzi antworten konnte, war wieder ein Motorengeräusch zu hören.
»Da ist Fabian!«, rief Franzi. Und was sie dann sah, verschlug ihr die Sprache. Hinter Fabian auf der Rückbank saß Kim.
»Was macht sie da?«, rief Marie.
Mit hoher Geschwindigkeit fuhr Fabian an ihnen vorbei.
»Kommt ins Boot.« Fine hielt Marie die Hand hin. »Um die SUPs kümmern wir uns später.«
Franzi und Marie stiegen zu Fine ins Boot.
»Festhalten!« Fine raste hinter Fabian her. Er fuhr direkt auf den Wasserfall zu. Franzi konnte sehen, dass es sich eher um eine Stromschnelle handelte. Trotzdem war es gefährlich, mit einem Motorboot da hinunterzufahren.
»Kim! Spring ab!«, rief Franzi.

Mut zahlt sich aus

Zu Franzis und Maries großer Überraschung stellte Kim sich auf die Rückbank, hielt sich die Nase zu und sprang ins kalte dunkle Wasser. Unbeeindruckt fuhr Fabian weiter. Genau in diesem Moment tauchten David und sein Vater am Ufer auf. David, der eine Jeans und einen Pullover trug, zog sich die Sneaker aus und hechtete mit einem Kopfsprung ins Wasser. Mit wenigen Schwimmzügen war er bei Kim angekommen. »Geht's dir gut?«

Kim konnte nicht viel sagen, nickte aber und schlang erleichtert ihre Arme um ihren Freund. Auch Fine, Franzi und Marie waren jetzt bei den beiden.

»Kim!« Franzi musste schlucken. »Ich bin so froh.«

Marie hielt ihre Hand ins Wasser und drückte Kims Hand. »Ich auch.«

»Halt dich an mir fest, Kim«, sagte David. »Wir müssen aus dem Wasser raus.«

»Es geht schon, danke.«

Kim und David schwammen zum Ufer, wo Dirk Lindemann ihnen aus dem Wasser half. Er zog seine Jacke aus und gab sie Kim. Durch die Bäume flackerte jetzt das Blaulicht eines Einsatzwagens. Polizistin Tara Weiß kam zum Steg gelaufen und rief: »Bis ich ein Boot organisiert habe, könnte Herr Weste schon weit gekommen sein. Kann ich mir das Boot deines Opas ausleihen, Fine?«

Franzi sah, dass Fabian Weste vor der Stromschnelle angehalten hatte. Es schien, als überlegte er, was er nun machen sollte.

»Klar!« Fine steuerte das Boot zum Ufer.

Mit wackligen Beinen kamen Marie, Franzi und Fine auf den Steg, Tara Weiß und ihr Kollege stiegen in das Boot.

Die Polizistin übernahm das Steuer. »Ihr bleibt bitte hier.« Sie raste los, direkt auf Fabian Weste zu.

»Ach, die SUP-Boards«, sagte David. Schnell sprang er ins Wasser und schwamm zu den Boards. Er schob sie zum Steg, wo sein Vater die Bretter aus dem Wasser zog.

Franzi und Marie legten ihre Arme um Kim.

Franzi löste sich als Erste aus der Umarmung. »Ich bin soooo froh, dass dir nichts passiert ist.« Eine Träne der Erleichterung kullerte über ihre Wange.

Auch in Maries Augen glitzerte eine Träne. »Wie bist du denn auf das Boot gekommen?«

Kim wollte zu einer Antwort ansetzen, aber sie stockte, denn David watete wieder ins Wasser, ein SUP-Board vor sich herschiebend. Der Fluss war an dieser Stelle nicht sehr breit, man konnte ungefähr drei Boards der Länge nach aneinanderreihen.

»Was macht er da?«, fragte Franzi überrascht.

»David! Komm zurück!«, rief sein Vater.
David antwortete nicht.
Jetzt war Tara Weiß' Stimme durch ein Megafon zu hören. »Ergeben Sie sich, Herr Weste.«
Gespannt blickten die drei !!! zu dem Motorboot, das Fabian nun wendete. Dann raste er los, direkt auf David zu.
Kim hielt sich die Augen zu. Es gelang David, genau im richtigen Moment das SUP-Board in die Mitte des Flusses zu schieben und dem Boot so den Weg abzuschneiden.
»Mist!« Fluchend bremste Fabian Weste ab. Er versuchte, um das Board herumzufahren, aber Tara Weiß war schneller und verstellte ihm auf der anderen Seite den Weg.
Ihr Kollege stand auf und schaffte es mit einem großen Satz auf das Boot von Fabian. Dieser wollte ins Wasser springen, aber der Polizist hielt ihn fest.
»Sie sind vorläufig festgenommen«, sagte Frau Weiß.
»Aha! Und was soll ich gemacht haben?«, rief Fabian. Er sah zum Ufer herüber und funkelte die drei !!! böse an.
»Sie stehen unter Verdacht, Ihrer Schwiegermutter Schmuck gestohlen zu haben!«, rief Frau Weiß.
»Sie haben keine Beweise«, entgegnete Fabian.
»Das ist es ja. Es gibt keine Spuren, weil Sie in der Villa leben und wir nur nach Fremdspuren gesucht haben«, erklärte die Polizistin.
»Sie können mich nicht festnehmen!« Fabian wollte sich befreien, aber dem Polizisten gelang es, Fabian Handschellen anzulegen.

»Wenn Fluchtgefahr besteht, kann ich das sehr wohl.« Tara Weiß fuhr langsam mit dem Motorboot wieder an den Steg. Fine half ihr beim Aussteigen und vertäute das Boot. Frau Weiß sprach in ihr Funkgerät und orderte Verstärkung. »Mein zweiter Kollege hat im Auto an der Straße gewartet. Er kommt jetzt und dann nehmen wir Sie mit auf die Wache.«

Die Polizistin steckte ihr Funkgerät ein. »Wahnsinn, ihr seid ja wirklich sehr clever und mutig.« Sie drehte sich zu David, der nun auch wieder auf den Steg kam. »Und du auch.«

Kim fiel David um den Hals. »Ja, das finde ich auch.«

»Und natürlich einen riesigen Dank an dich, Fine«, sagte Frau Weiß.

»Ja, das muss echt mal gesagt werden«, bestätigte Marie.

»Ohne dich hätten wir weder den Umweltsünder Herrn Fricke ausfindig gemacht noch den Ring gefunden und wären auch nicht darauf gekommen, dass Fabian krumme Dinger dreht«, führte Franzi aus. »Ganz zu schweigen von der Plastiktüte am Flügel des Schwans. Ohne deine Angel hätten wir sie nicht entfernen können.«

»Und ohne dich würde hier im Fluss noch viel mehr Müll versteckt sein«, ergänzte Kim. »Es ist wirklich toll, was du hier machst.«

Fine fuhr sich verlegen durch die braunen Haare. »Danke, das ist echt lieb von euch. Aber ich mache das wirklich gern.«

»Könntet ihr morgen früh alle direkt auf die Wache kommen?«, fragte Frau Weiß. »Ich habe sehr viele Fragen.« Sie wartete einen Moment, bis ihre beiden Kollegen Fabian zum

Einsatzwagen geführt hatten. »Und ich kann Herrn Weste ohne ausreichende Beweise natürlich auch nicht ewig festhalten.«

»Ja, klar«, sagte Franzi, doch dann fiel ihr plötzlich etwas ein. »Könnten wir uns morgen früh zuerst an den drei Birken treffen?«

»Warum denn?«, fragte Frau Weiß neugierig.

»Ich habe einen Verdacht«, verkündete Franzi. »Es könnte sein, dass wir dort die Beweise finden. Fine, kannst du deine Angel mitbringen?«

»Klar, mache ich.« Fine begann, das Motorboot am Steg zu vertäuen.

Frau Weiß dachte kurz nach. »Gut, wir treffen uns morgen früh um acht Uhr.«

»Und was machen wir mit Hannah und Frau Menzel?«, überlegte Kim. »Sie vermissen Fabian vielleicht schon.«

»Ich spreche mit ihnen«, versprach die Polizistin. »Und ihr kommt jetzt zur Ruhe und schlaft euch aus.«

Sie verabschiedeten sich.

Marie drehte sich zu David. »Jetzt hätte ich gern einen *Mond-Balance*.«

»Wie bist du denn nun auf das Motorboot gekommen?«, wollte Franzi von Kim wissen, als sie mit David und Dirk den Weg zurück zu den Hausbooten liefen. Die SUP-Boards hatten sie am Steg gelassen und entschieden, diese morgen abzuholen.

»Er hatte sich im Schilf versteckt und ich hab ihn erst gesehen, als ich quasi ganz nah dran war. Ich glaube, ich wollte ihn festhalten, aber dann wurde ich mitgerissen und bin irgendwie in das Boot reingeklettert.«

»Gut, dass du wieder abgesprungen bist!«, sagte Franzi.

»Und David hat dich aus dem Wasser rausgezogen.« Marie lächelte. »Das ist doch irgendwie romantisch.«

»Da hat er wirklich den ganz großen Fang gemacht«, bestätigte Franzi. »Endlich.« Sie zwinkerte Davids Vater zu. Der prustete los. »Ja, mein Sohn ist also doch der Weltmeister im Angeln.«

Kim knuffte David von der Seite an. »Los, sag es ihm jetzt.«

»Papa. Ich muss dir etwas sagen.«

Dirk sah seinen Sohn erwartungsvoll an. »Schieß los!«

David holte tief Luft. »Ich möchte keine Fische angeln. Es tut mir sehr leid.«

»Aber das muss es nicht.« Dirk wuschelte David durch die Haare. »Liegt es daran, dass du keinen Fisch essen möchtest?«

»Auch. Und ich habe gemerkt, dass ich nicht stundenlang auf das Wasser schauen kann«, gab David zu.

»Das finde ich vollkommen in Ordnung«, beruhigte Dirk seinen Sohn. »Du musst ja nicht alles mögen, was ich gern mache.«

David atmete erleichtert aus. »Danke.«

»Trotzdem fände ich es schön, wenn wir ein gemeinsames Hobby hätten«, sagte Dirk.

»David kann sehr gut schreiben.« Kim legte den Arm um ihren Freund. »Aber als Schreibpartner ist er schon an mich vergeben.«

»Ich finde es toll, dass Sofie im *Forellenhof* auch einen Abholservice anbietet«, sagte Kim und biss ein Stück von ihrer Pizza Vegetariana ab.
»Und dass sie auch noch so leckere Pizza macht«, ergänzte Franzi kauend.
Während Kim und Franzi geduscht hatten, hatte sie gemeinsam mit David und seinem Vater das Essen geholt. Anschließend hatte David seinen Cocktail gemischt. Darin hatte er selbst gepflückte Brombeeren, Johannisbeeren und eine Sternfrucht mit Sprudelwasser vermischt.
Davids Vater erhob sein Glas. »Auf die drei !!! und ihren Ermittlungserfolg!«
Alle stießen an und tranken.
»Es ist zwar nur ein Teilerfolg, aber feiern können wir trotzdem schon mal«, fand Marie und erhob ebenfalls ihr Glas.
»Auf Kim«, rief Franzi, »die so mutig im Boot des Feindes saß! Und dann wie eine Stuntfrau abgesprungen ist.«
»Ich bin sehr froh, dass euch nichts passiert ist«, sagte Dirk. »Und ich möchte euch bitten, dass ihr euch, solange wir noch hier sind, nicht noch einmal in Gefahr begebt.«
»Tut uns leid«, sagte Marie. »Ehrlich.«
»Wir passen jetzt auf uns auf«, versprach Kim.
»Gut.« Dirk sah die Mädchen ernst an. »Ihr hättet die Polizei früher einschalten müssen. Das wisst ihr, oder?«
»Ja«, gab Franzi zu. »Und nein. Weißt du, oft ist es so, dass es nicht ausreichend Beweise gibt oder etwas so spontan passiert, dass das nicht geht.«

»Vorhin ist es aber etwas aus dem Ruder gelaufen«, sagte Dirk.
»Im wahrsten Sinne des Wortes«, gab Kim zu. Sie schmiegte sich an David. »Es tut mir sehr leid, dass wir dich nicht eher eingeweiht haben, es ging leider nicht.«
»Es ist alles gut«, flüsterte David. »Hauptsache, wir sind da heil rausgekommen.«
Franzi freute sich für ihre Freundin, dass sie so glücklich war. Sie beobachtete, wie Marie schon wieder ihr Handy hervorholte und eine Nachricht schrieb.
Franzi entfernte sich ein Stück und wählte Blakes Telefonnummer. Aber es ging nur die Mailbox ran. Franzi überlegte kurz, ob sie etwas daraufsprechen sollte, drückte den Anruf dann aber weg. Sie machte ein Foto ihres Cocktails vor dem Vollmond und schickte es an Blake. »Hier ein bisschen *Mond-Balance* für dich«, schrieb sie darunter.
»Der Sternenhimmel ist toll«, schwärmte sie, nachdem sie das Handy wieder weggesteckt hatte.
In der Ferne war erneut der Ruf einer Eule zu hören. Das erinnerte Franzi an Matilda, die sicher gerade auf dem Balken im Pferdestall saß.

Detektivtagebuch von Kim Jülich
Sonntag, 22:16 Uhr

Unglaublich, was heute alles passiert ist. Wir haben den Fall zwar noch nicht zu einhundert Prozent gelöst, aber wir sind ganz nah dran. Und immerhin ist unser Hauptverdächtiger in dieser Nacht erst mal hinter Gittern und kann wenigstens keine weitere Straftat begehen. Und das ist auch der Grund, warum wir heute Nacht in Ruhe schlafen können. Franzi und Marie tun das bereits, aber ich bin noch nicht so müde und möchte die Geschehnisse festhalten.

Zuallererst ist es mir wichtig zu erwähnen, dass Herr Menzel und Sofie ziemlich sicher nichts aus der Villa gestohlen haben. Herr Menzel hat lediglich seine Plattensammlung abgeholt und hatte keine Lust, dabei auf seine Ex-Frau zu treffen. Dass er sie bestehlen würde, können wir uns einfach nicht vorstellen. Und auch bei Sofie sagt uns unser Bauchgefühl, dass sie unschuldig ist.

Als wir heute Morgen Fabian auf dem Fluss getroffen haben, hatte er eine sehr seltsame Angel dabei. Und dann hat er uns auf eine Mülltüte aufmerksam gemacht, die er in der Nähe des Biberdamms gesehen haben wollte. Wir haben sie tatsächlich auch dort gefunden und den Inhalt auf Fingerabdrücke untersucht. Diese waren leider etwas verwischt, und um auf Nummer sicher zu gehen, haben wir Peter Fricke darauf angesprochen. Aber er hat ziemlich glaubhaft versichert, dass er es nicht war.

Anschließend waren wir bei Herrn Menzel, der wirklich so rüberkommt, als sei er mit sich selbst im Reinen. Krasserweise kam danach ein Anruf von Frau Menzel, dass ein sehr wertvoller Kerzenständer aus der Villa verschwunden ist. Und wieder gab es keine Spuren, die Rückschlüsse auf einen möglichen Täter oder eine Täterin zulassen würden.

Als wir auf dem Weg zum Hausboot wieder Fabian getroffen haben, der uns ein Lakritzbonbon angeboten hat, wendete sich das Blatt, denn: Von diesen ganz besonderen Lakritzbonbons war eine leere Verpackung in dem Müll, auf den Fabian uns aufmerksam gemacht hatte. Damit hat er sich also selbst verraten, denn er hatte den Müll absichtlich im Wasser platziert, um uns abzulenken und bewusst auf eine falsche Fährte zu locken. Er hat wohl nicht damit gerechnet, dass wir ihn durchschauen!

Danach haben wir uns das Video der gestern Abend von Fabian frisch installierten

Überwachungskamera angesehen und herausgefunden, dass der Film nachträglich bearbeitet wurde. Und zwar hat jemand einen großen Teil des Bildmaterials einfach herausgeschnitten. Das Video zeigt eine Endlosschleife, darauf hat uns Bente aufmerksam gemacht. Man erkennt das an einem Vogel, der alle zehn Minuten auf eine Windschutzscheibe macht. Und da Fabian die Kamera installiert hat, lag der Verdacht nahe, dass er den Film manipuliert hat. Wir waren uns also sicher, dass er irgendwas zu verbergen hat, und haben undercover die Villa beschattet.
Was dann passiert ist, war wie in einem Agentenfilm, in dem ein Verbrecher durch die Kanäle von Venedig gejagt wird. Tatsächlich ist eine dunkel vermummte Gestalt auf das Motorboot von Frau Menzel gestiegen. Wir konnten nicht erkennen, ob es sich wirklich um Fabian handelt, und haben uns in Windeseile unsere Neoprenanzüge und Rettungswesten angezogen und die SUP-Boards geholt. Als wir uns der Gestalt damit auf dem Wasser genähert haben, wurde klar: Es war Fabian! Und dann ist er geflohen und wir haben ihn verfolgt.
Mein Herz beginnt sofort wieder wild zu klopfen, wenn ich daran denke, dass ich tatsächlich bei einem Verbrecher auf dem Motorboot gelandet bin. Ich! Die am liebsten zu Hause auf dem Sofa Krimis liest. Verfolgungsjagden finde ich schon in gedruckter Form so spannend, dass ich Herzrasen bekomme, aber dieses Mal war ich involviert! Ich war wirklich froh, als Franzi, Marie und Fine kamen und mich dazu ermutigt haben, vom Boot zu springen. Und dann ist auch noch David ins Wasser gesprungen, um mich zu retten! Hach, er ist einfach nur toll!!!
Und jetzt zu dem, was noch unklar ist: Was genau hat Fabian zu verbergen? Hat er die Wertgegenstände seiner zukünftigen Schwiegermutter tatsächlich gestohlen? Und wenn ja, wo sind sie? Und was hatte er vor? Wir müssen das Rätsel schnell lösen und das Geheimnis lüften, denn ewig kann die Polizei ihn ohne Beweise nicht festhalten. Ich bin mir ziemlich sicher, dass er Dreck am Stecken hat. Oder Schmuck an der Angel? Mein detektivisches Bauchgefühl sagt es mir ...

Geheimes Tagebuch von Kim Jülich
Sonntag, 22:54 Uhr

► Das ist das geheime Tagebuch von Kim Jülich! Weiterlesen ist streng verboten und wird mit einem Bad in einer eiskalten Badewanne bestraft. In der Dunkelheit! ◄

Mein Kim-eigenes Bauchgefühl sagt mir auch etwas: Zwei Fälle gibt es noch, einer (Nr. 1) wird nie gelöst werden können:

1. Warum ist David der tollste Freund der Welt? ♥ ☺ ♥ Und wie soll ich es aushalten, wenn er von nun an jedes zweite Wochenende bei seinem Vater zu Besuch sein wird?
2. Was ist los mit Marie? Ist sie verliebt in Holgers besten Kumpel Jakob?

Stille Wasser sind tief

»Guten Morgen«, hörte Franzi Maries fröhliche Stimme. Vorsichtig öffnete sie ein Auge. Es war bereits hell, die Sonne schien durch das gekippte Fenster in die Kabine.
Franzi setzte sich auf. »Wie spät ist es?«
»Halb acht«, nuschelte Kim, die mit der Zahnbürste im Mund aus dem Bad kam.
Franzi streckte sich und stand auf. »Ich habe heute Nacht geträumt, dass wir alle Meerjungfrauen waren und auf dem Meeresboden einen Schatz gefunden haben.«
»So ähnlich ist es ja auch.« Marie lachte. »Na ja. Meerjungfrauen sind wir nicht, aber das mit dem Schatz, das könnte klappen.«
»Meinst du echt, dass Fabian den Schmuck im Fluss versenkt hat?«, fragte Franzi. »Wenn ja, warum?«
»Was soll Fabian denn sonst da auf dem Fluss gemacht haben?« Kim verschwand wieder im Bad und spülte ihren Mund aus. »Er hatte doch auch diese seltsame Angel dabei!«, rief sie aus dem Bad.

»Ja, vielleicht hat er nach und nach Sachen geklaut und gedacht, dass das gar nicht auffällt. Ich frage mich, was er damit vorhatte?« Franzi streifte sich ihre Jeans über.
»Könnte es sein, dass Hannah seine Verbündete ist?«, überlegte Kim.
Marie zuckte die Schultern. »Ich hatte das Gefühl, dass Hannah auf der Seite ihrer Mutter ist, und kann es mir irgendwie nicht vorstellen.«
Plötzlich klopfte es an die Tür. »Guten Morgen, hier kommt der Detektivinnen-Cocktail.«
»Hereinspaziert!«, rief Kim und riss die Tür auf.
Davor stand David mit einem kleinen Tablett, auf dem er drei Gläser mit einem sonnengelben Smoothie trug. »Der Sonnen-Balance-Smoothie. Mango, Banane und Kiwi«, fasste er zusammen. »Mit Kokosraspeln. Für mehr Power, um in den Tag zu starten.«
Kim gab David einen Kuss und nahm zwei der Gläser, die sie an Franzi und Marie weiterreichte. Dann probierte sie selbst. »Mhmm, das schmeckt super!«
»Mindestens so gut wie ein *LICK*«, bestätigte Franzi.
LICK war die Abkürzung für *Lomo Iced Choc Kick*, das Lieblingsgetränk der Detektivinnen im Sommer, bestehend aus eisgekühltem Kakao mit Vanilleeis und weißen Schokoraspeln. Die Freundinnen tranken ihn immer in ihrem Stammcafé, dem *Lomo*.
Sie setzten sich auf das Deck in die Sonne. In wenigen Zügen hatten die Mädchen den Smoothie ausgetrunken. Unten auf dem Glasboden lagen noch die Eiswürfel.

Franzi betrachtete nachdenklich die in der Sonne glänzenden Eisstücke. »Mal sehen, ob wir heute die Wahrheit ans Licht bringen können.«
»Guten Morgen, hier kommt das Wassertaxi!« Fine stoppte das Motorboot und winkte. »Ich dachte, ich hole euch ab!«
Sie manövrierte das Boot nah an den Steg heran und hielt sich an einem Holzbalken fest, sodass die drei !!! einsteigen konnten.
»Super Idee!« Gut gelaunt sprang Franzi ins Boot und hielt Kim und Marie ihre Hand hin.
Kim schlang ihre Arme um David. »Das ist jetzt der letzte Einsatz, und ab heute Mittag bin ich die faulste Detektivin, die du je gesehen hast.«
»Hoffentlich«, sagte Marie und stieg ins Boot.
Kim ergriff Franzis Hand und folgte Marie.
Dirk kam aus dem Hausboot auf den Steg. »Bitte macht nichts, was euch in Gefahr bringt!«, rief er den Mädchen zu.
»Wir sind doch mit der Polizei verabredet. Da passiert uns nichts«, beruhigte Kim ihn.
Dirk hielt den Daumen nach oben und Fine startete den Motor wieder.
Franzi genoss den Fahrtwind. Heute war es etwas bewölkter als in den letzten Tagen, aber noch immer sommerlich warm. Als sie auf Höhe der drei Birken angekommen waren, kam auch Tara Weiß gerade aus der entgegengesetzten Richtung an. Sie fuhr ebenfalls auf einem Motorboot, neben ihr ein Mann in einem Taucheranzug.

»Guten Morgen! Das ist Herr Werner aus Pfaffenhausen«, stellte Frau Weiß den Mann vor. »Er ist Taucher und hat sich bereit erklärt, uns zu helfen.«
»Hallo. Ich bin Franzi und das sind Kim, Marie und Fine.« Franzi sah zum Ufer. Die Villa der Menzels lag wie ein großer schlafender Stein auf dem Hügel. »Kommen Hannah und Frau Menzel auch?«
»Ich habe Ihnen gesagt, dass ich mich nachher melde«, erklärte Frau Weiß. »Hier an dieser Stelle hat Fabian also gestern besonders lange ausgeharrt?«
»Genau. Mit einer seltsamen Angel«, berichtete Marie. »Ähnlich der Müllangel, die Fine immer benutzt.«
Vom Boden des Bootes holte Fine den Stab mit dem magnetischen Haken und hielt ihn hoch.
»Du bist ja sicher sehr gut im Müllangeln«, sagte Frau Weiß. »Willst du mal testen, ob du da unten etwas findest?«
»Klar.« Fine hielt den Stab ins Wasser und bewegte ihn hin und her. Alle starrten gebannt auf die Wasseroberfläche.
Plötzlich stockte Fine. »Irgendetwas hat sich an dem Haken verfangen.«
Frau Weiß lehnte sich über die Reling. »Das Wasser ist nicht klar genug. Kannst du es hochziehen?«
»Es geht schwer«, ächzte Fine.
»Ich helfe dir.« Franzi griff an das obere Ende des Stabs und zog gemeinsam mit Fine daran. Sie bemerkte einen starken Widerstand. Mit aller Kraft zogen sie. Gebannt starrten alle auf das Wasser.

Schließlich hatten sie es geschafft und eine silberne Kiste war direkt unter der Oberfläche zu sehen.
»Sind da Steine drin?«, stöhnte Franzi.
Auch Kim und Marie zogen mit. Gemeinsam gelang es ihnen, eine große Metallkiste aus dem Wasser zu holen. Sie hatte einen Griff auf dem Deckel, in welchem sich der Haken der Angel verfangen hatte. Zwei weitere Griffe befanden sich an den Seiten. Kim und Marie griffen jeweils einen der Seitengriffe und zogen die Kiste an Bord.
Dabei öffnete sich einer von zwei Metallclips, die den Deckel auf der Kiste fixiert hatten. Durch den Ruck löste sich auch der zweite. In diesem Moment kam die Sonne hinter den Schäfchenwolken hervor und die Sonnenstrahlen schienen durch den Spalt der Kiste. Franzi konnte einen Blick ins Innere der Kiste erhaschen. Der Inhalt funkelte und reflektierte das Sonnenlicht so stark, dass sie geblendet wurde. Sie kniff die Augen zusammen.
»Was ist drin?«, fragte Marie gespannt und schob den Deckel beiseite.
Die Detektivinnen staunten. Die gesamte Kiste war voller Schmuck und Wertgegenstände. In der Mitte lagen zwei Ziegelsteine.
»Wir haben einen Schatz gefunden!«, rief Kim.
»Den Fabian Weste hier versenkt hat«, sagte Franzi.
»Ganz sicher wissen wir es natürlich erst, wenn die Fingerabdrücke überprüft sind, aber es spricht tatsächlich alles dafür«, bestätigte Frau Weiß.

»Wir sollten die Kiste an Land bringen«, schlug Franzi vor.
Fine legte ihre Müllangel ab und startete den Motor. Langsam fuhr sie auf den Steg zu.
Die Polizistin drehte sich zu Herrn Werner. »Würden Sie überprüfen, ob es noch weitere Schätze auf dem Grund des Flusses gibt?«
»Jawoll.« Der Taucher rückte seine Taucherbrille zurecht und ließ sich rückwärts ins Wasser fallen.
»Braucht er keine Pressluftflasche?«, fragte Marie.
Franzi schüttelte den Kopf. »Der Fluss ist ja nicht so tief.«
Kim, die den Inhalt der Kiste ganz genau inspizierte, holte ihr Handy mit den Fotos hervor, die sie von dem Schmuck gemacht hatte. »Es handelt sich zweifelsfrei um den Schmuck von Frau Menzel.«
In diesem Moment kamen Frau Menzel und Hannah aus der Terrassentür über den gepflegten Rasen auf sie zu. Franzi konnte sehen, wie müde beide aussahen. Wahrscheinlich hatten sie kein Auge zugetan. Fabian saß in Untersuchungshaft und wurde verdächtigt, wertvollen Familienschmuck gestohlen zu haben. Hannah hatte rote Augen und eine Strickjacke um die Schultern gehängt. Frau Menzel sah plötzlich viel kleiner aus als noch vor wenigen Tagen. Die beiden Frauen grüßten knapp.
Kim, die vor der Kiste gekniet und ihnen die Sicht versperrt hatte, stand auf.
Frau Menzel entdeckte die Kiste zuerst. »Da ist ja der ganze Schmuck!«, rief sie. Vor der Kiste ging sie auf die Knie und holte eine Kette heraus. Daran hing ein Medaillon. »Ich habe

gar nicht mitbekommen, dass diese Kette auch weg war.« Frau Menzel klappte das goldene Medaillon auf, darin war eine alte Fotografie zweier Mädchen. »Das sind Hannah und Sofie, als sie fünf und zwei Jahre alt waren.«

Franzi sah ihr über die Schulter. Auf dem Foto hielten sich die Schwestern an den Händen. »Sehr süß.«

Frau Menzel wühlte weiter in der Kiste. »Alles ist drin: die Kette, die Brosche, der Kerzenständer.« Sie holte eine kleine Schatulle hervor und klappte sie auf. »Sogar der Schmuck von meiner Schwiegermutter.«

Kim, Franzi und Marie sahen sich an.

»Herr Menzel hat uns schon gesagt, dass der Schmuck weg ist«, berichtete Franzi.

»Woher weiß er das denn?«, fragte Frau Menzel überrascht.

»Wir haben mit ihm gesprochen und dann zufällig beobachtet, wie er mit Sofie in die Villa gegangen ist, als sie gestern nicht da waren«, berichtete Kim.

Frau Menzel stand auf. Sie sah die Mädchen überrascht an. »Und das sagt ihr mir nicht?«

»Wollten wir, aber Sie waren nicht zu Hause. Und später waren Sie so aufgelöst. Wir wollten erst herausfinden, was Herr Menzel und Sofie in der Villa gemacht haben«, erklärte Marie.

»Und was haben sie gemacht?«, fragte Frau Menzel wütend.

»Schallplatten geholt«, erklärte Franzi.

»Die Detektivinnen lagen mit ihren Vermutungen richtig«, erklärte Frau Weiß. »Die Kiste war im Fluss versenkt, mit zwei schweren Steinen, damit sie nicht mit der Strömung davon-

treibt.« Frau Weiß seufzte und wandte sich nun direkt an Hannah: »Es spricht vieles dafür, dass Ihr Verlobter die Dinge nach und nach gestohlen und hier versteckt hat.«
»Er war so still in letzter Zeit.« Hannahs Lippen begannen zu zittern. Sie vergrub den Kopf in den Händen. »Ich kann das nicht glauben.«
Frau Menzel schüttelte fassungslos den Kopf. »Was hat Fabian denn damit vorgehabt? Wollte er das heimlich verkaufen?«
»Das kann natürlich sein, aber wenn er den Schmuck gewinnbringend hätte hier verkaufen wollen, hätten wir das vielleicht mitbekommen«, sagte Frau Weiß. »Meine Kolleginnen und Kollegen sind darauf spezialisiert, gestohlene Gegenstände bei Auktionshäusern wieder aufzuspüren.«
»Vielleicht wollte er den Schmuck auch illegal verkaufen?«, überlegte Kim.
»Aber warum sammelt er dann erst alles und versteckt es?«, gab Franzi zu bedenken.
»Benutzt ihr dieselbe Kreditkarte?«, fiel Marie plötzlich ein.
Hannah nickte. »Fabian hat Zugriff auf mein Konto.«
»Kannst du das online auf dem Handy abrufen?« Marie ging auf Hannah zu. Diese holte ihr Smartphone aus der Tasche und öffnete die App ihrer Bank.
Sie gab einen Zahlencode ein. Gespannt starrten alle auf Hannah.
Ihre Augen weiteten sich. »Er hat einen Flug gebucht. Für heute Vormittag. Aber ich kann nicht sehen, wohin.«
»Hin- und Rückflug?«, fragte Franzi.

Hannah antwortete nicht. Sie steckte das Handy in die Tasche ihrer Hose und ging wortlos weg.
Frau Menzel hängte sich das Medaillon um den Hals und trat zu den drei !!!.
»Ihr habt meinen Schmuck gefunden, dafür bin ich euch unendlich dankbar«, sagte sie. »Ohne euch wäre Fabian jetzt damit auf der Flucht und säße in einem Flugzeug.« Sie seufzte und Tränen traten ihr in die Augen. »Aber für meine Hannah ist mit diesem Geheimnis aus dem Fluss jetzt eine Welt zusammengebrochen.«
»Das tut uns sehr leid«, sagte Franzi. Kim und Marie nickten traurig.
Franzi sah nachdenklich auf den Fluss. Herr Werner tauchte ab und an auf, um Luft zu holen.
»Ich denke, dass in dieser Kiste alles drin ist, was mir entwendet wurde«, verkündete Frau Menzel.
»Dann würde ich sagen, ihr drei Detektivinnen macht jetzt eine Pause und ich bespreche mich noch mit Frau Menzel.« Tara Weiß sah auf ihre Uhr. »Nach dem Mittagessen würde ich euch gern noch mal auf die Wache bitten, damit ich alle eure Ermittlungsergebnisse für meinen Bericht zusammentragen kann.«
»Kein Problem«, sagte Franzi.
Herr Werner tauchte erneut auf.
»Sie können Feierabend machen, Herr Werner«, verkündete die Polizistin.
Der Mann nahm die Taucherbrille ab, die Abdruckspuren in

seinem Gesicht hinterlassen hatte. »Da schwimmt ganz schön viel Müll im Wasser«, erklärte er betreten.
Fine nickte. »Ich weiß. Ich werde noch eine Runde Müll angeln. Wer macht mit?«
»Die drei !!! natürlich!«, rief Franzi.
»Power!«, rief Kim und Marie lachte.

Detektivtagebuch von Kim Jülich
Montag, 15:42 Uhr

Wir haben den Fall gelöst!
Ich fühlte mich ein bisschen wie im Märchen, als wir den Schatz auf dem Grund des Flusses gefunden haben. Das war fast wie eine Truhe gefüllt mit Gold. Allerdings nur fast, denn leider gibt es kein so schönes Happy End. Frau Menzel ist natürlich sehr glücklich, dass ihr Schmuck wieder da ist. Dass Fabian mit ihrer Tochter so ein falsches Spiel gespielt hat, ist schrecklich. Die arme Hannah, sie wird jetzt sicher denken, dass er sie nie geliebt hat. Und vielleicht ist es ja auch so. Ich wundere mich ein bisschen, dass wir nicht eher darauf gekommen sind, dass Fabian der Dieb war. Aber er hat seine Rolle als supernetter Schwiegersohn einfach total glaubwürdig gespielt. Und es war wirklich so: Er hat nach und nach immer wieder Dinge entwendet und sie dann im Fluss versteckt. Dort, wo die Polizei sie niemals gesucht hätte. Der Ring muss ihm ins Wasser gefallen sein, als er eine Fuhre seines Diebesguts versteckt hat. Er wollte heute Nacht wirklich mit dem Boot abhauen und hatte einen Wagen gemietet, der flussabwärts auf einem Parkplatz stand. Das hat Frau Weiß herausgefunden. Damit wollte er dann zum Flughafen fahren und sich nach Australien absetzen. Frau Weiß hat seine Fingerabdrücke auch auf der Kiste sichergestellt und ihn als Dieb identifiziert. Er wird nun wegen Diebstahls und Betrugs angezeigt. Was sein

Strafmaß angeht, dazu konnte uns Frau Weiß noch nichts sagen. Ich denke, es wird wohl auf eine saftige Geldstrafe hinauslaufen. Vielleicht auch Gefängnis?

Geheimes Tagebuch von Kim Jülich
Montag, 15:57 Uhr

► Dieses Tagebuch ist strengstens geheim! Wenn du trotzdem weiterliest, werde ich alle deine Süßigkeiten in der Kläranlage versenken! ◄
Ich bin so froh, dass wir den Fall gelöst haben.
Hannah tut mir leid. Hoffentlich wird sie mit der großen Enttäuschung fertig!
Wir wollen heute alle zusammen im Forellenhof essen. Davids Vater lädt uns ein. Ich freue mich schon!
Und ich freue mich auch sehr, dass David und ich nun wieder mehr Zeit füreinander haben. Morgen möchte ich endlich an unserem Liebesroman weiterschreiben. David hat in den letzten Tagen ein Kapitel geschrieben, das er mir nachher vorlesen will. Ich bin schon so gespannt. Und ich habe das Gefühl, dass sich meine Schreibblockade nun komplett gelöst hat. Am liebsten würde ich gleich noch ein neues Buch schreiben. Und zwar einen Science-Fiction-Roman, der von einem Jungen und einem Mädchen handelt, denen es gelingt, bedrohte Tiere vor dem Aussterben zu schützen.

Abschied und Anfang

»Hallo, ihr drei, schön, euch wiederzusehen!«, empfing Sofie die drei !!!, als sie zusammen mit David und Dirk den *Forellenhof* betraten. Ihre Wangen und glühten. Sie trug ein Tablett mit vier Sektgläsern. »Meine Mutter und mein Vater haben die ganze Zeit über euch gesprochen.« Sofie deutete zur großen Glasfront. Auf der Terrasse saßen Herr und Frau Menzel zusammen an einem Tisch.

»Und wie geht es Hannah?«, fragte Marie.

»Nicht gut. Sie ist zu Hause und ruht sich aus.« Sofie atmete einmal tief durch. »Aber das kriegen wir wieder hin. Wollt ihr euch alle auf die Terrasse setzen?«

»Ja, sehr gern. Die Pizza gestern war übrigens köstlich«, sagte Dirk, während sie Sofie auf die Terrasse folgten.

Sofie servierte ihren Eltern den Sekt.

»Da sind ja die drei Detektivinnen.« Frau Menzel stand auf und umarmte Kim, Franzi und Marie. »Und wer bist du?«

»Das sind mein Freund David und sein Vater Herr Lindemann«, stellte Kim die beiden vor.

Dirk gab den Menzels die Hand.
»Ich würde mich freuen, wenn ihr, wenn Sie mit uns essen«, verkündete Frau Menzel. »Ich möchte euch gern einladen, denn ich bin euch unendlich dankbar.«
»Guten Tag, die Herrschaften«, rief plötzlich eine Franzi bekannte Männerstimme hinter ihnen. Sie fuhr herum und entdeckte Peter Fricke, der Arbeitshandschuhe trug. »Sofie, kannst du mal kommen? Ich hab eine Lieferung für dich.« Fricke lachte. »Ist ein bisschen größer.«
Sofie verschwand mit Herrn Fricke von der Terrasse. Frau Menzel zwinkerte Marie zu.
Gespannt warteten die drei !!!, was nun passieren würde. Es dauerte nicht lange, bis Sofie zurückkam. Sie strahlte über das ganze Gesicht. »Papa!«, rief sie. »Es ist der Flügel. Wir können ihn in den Gasthof stellen und du kannst wieder mehr spielen.«
Herr Menzel umarmte seine Ex-Frau glücklich. »Danke, Astrid, das ist eine super Idee.«
»Wenn die Leute mitbekommen, dass der legendäre Tom Menzel in diesem fantastischen Gasthof auftritt, dann hast du den Kredit bestimmt schnell abbezahlt«, flüsterte Marie Sofie zu. »Schön, dass deine Eltern miteinander reden.«
»Ja, ich freue mich auch!«, raunte Sofie Marie zu und sah dann in die Runde. »Wisst ihr schon, was ihr essen möchtet?« Sie holte einen Block aus der Tasche ihres Kleides und nahm die Bestellungen auf.
»Kim hat neulich so viel bestellt, jetzt braucht sie doch einen Block«, sagte Franzi und grinste.

»Haha«, machte Kim und drehte sich zu David. »Komm, ich habe wieder so viel bestellt, damit es länger dauert und wir kurz Zeit für uns haben.« Zusammen liefen sie zum Ufer und setzten sich einander gegenüber auf einen umgefallenen Baumstamm.
Auch Franzi und Marie schlenderten den grasbewachsenen Pfad hinunter zum Fluss. Mit etwas Entfernung zu Kim und David setzten sie sich auf einen Baumstumpf.
»Hier war wohl auch der Biber am Werk«, sagte Franzi zu Marie, die nachdenklich auf ihr Handy starrte und nicht zugehört hatte. »Sag mal, Marie, was ist eigentlich mit dir los?«
»Ich weiß es nicht.« Marie seufzte. »Eigentlich wollte ich mir hier in Schwanbach über meine Gefühle klar werden. Mit Abstand zu Holger. Aber jetzt ist genau das Gegenteil passiert.«
»Du magst Jakob echt gern, oder?«
»Ja, er ist so lustig. Es macht mich glücklich, mit ihm Kontakt zu haben«, gab Marie zu. »Aber er ist Holgers Kumpel. Und Holger und mich verbindet so viel. Außerdem lief es ja gerade wieder viel besser zwischen uns.« Nachdenklich zwirbelte Marie eine blonde Haarsträhne um ihren Zeigefinger. »Es ist alles nicht so leicht.«
Schweigend beobachteten sie Kim und David. Kims Freund holte einige lose Zettel hervor, die er umständlich auseinanderfaltete. Einer flatterte Richtung Fluss. Kim sprang auf und fing den Zettel wieder ein, dann setzte sie sich David wieder gegenüber. Gespannt sah sie ihn an. David räusperte sich und begann zu lesen. Franzi konnte nicht verstehen, was er las, aber Kim hörte selig lächelnd zu.

»Außer bei den beiden Turteltauben.« Franzi seufzte. »Die sind echt süß.«
Als sie das sagte, entdeckte sie auf dem Fluss plötzlich die Schwanenmutter mit ihren Küken. »So schön, dass wir ihr helfen konnten.«
»Ja, damit hat alles angefangen«, sagte Marie nachdenklich.
»Wir müssen die Tiere vor uns Menschen beschützen. Ihnen gehört die Welt genauso wie uns Menschen. Und sie sollen frei leben können.« Franzi dachte an Eule Matilda und fasste einen Entschluss.

Satt und glücklich ließen Kim, Franzi, Marie und David nach dem Essen auf dem Steg vor den Hausbooten die Beine baumeln. Dirk war bereits ins Bett gegangen. Gemeinsam hatten sie den Sonnenuntergang angeguckt und nun funkelten unzählige Sterne am Himmel.
»Sofies Essen ist unheimlich gut«, schwärmte Kim und strich sich über den Bauch.
»Sie wollte Hannah übrigens noch einen Apfelstrudel bringen«, berichtete Marie.
»Es hilft Hannah bestimmt, über Fabian hinwegzukommen, wenn ihre Familie sich jetzt so lieb kümmert«, überlegte Franzi. »Ich bin so froh, dass wir den Fall gelöst haben und noch die letzten beiden Tage hier genießen können.«
Kim nickte. »Jetzt entspannen wir uns richtig.« Sie gab David einen Kuss auf die Wange.
Franzi horchte auf. »Hört ihr das Froschkonzert? Das würde

ich mir gern mal aus der Nähe ansehen.« Sie stand auf und pirschte los.
David musste lachen. »Ich frage mich, ob das mit der Entspannung klappen wird.«

Zwei Tage später sprang Franzi aus dem Kleinbus. Dirk hatte sie wieder direkt bis zum Winklerhof gebracht, Kim und Marie wollte er auch nach Hause fahren.
Franzis Mutter kam zum Auto gelaufen und nahm ihre Tochter in den Arm. »Wie war es, mein Schatz?«
»Wirklich toll«, schwärmte Franzi und drehte sich zu Dirk, der gerade ihren Rucksack aus dem Kofferraum holte. »Vielen Dank noch mal.«
»Ihr seid echt eine coole Bande«, sagte er und lächelte. »Langweilig wird einem mit euch nie!«
Auch Kim, Marie und David kletterten aus dem Bus, um sich von Franzi zu verabschieden.
»In den letzten beiden Tagen war es doch ganz ruhig und entspannt«, meinte Kim und grinste. »Bis auf das nächtliche Froschkonzert.«
»Stimmt«, sagte David. »Außerdem wolltest du bereits unser übernächstes Buch anfangen, Franzi wollte ein Stand-up-Paddle-Wettrennen nach dem anderen machen und Marie ist zur Vogelkundlerin und zum Backgammon-Profi geworden.«
»Ich werde zu Hause erst mal einen Wellness-Tag einlegen«, flüsterte Marie ihren Freundinnen zu. »Und ich verschicke keine Vogelbilder mehr, versprochen.«

»Ob das gelingen wird?«, fragte Kim.

Marie zuckte mit den Schultern und lenkte ab. »Was machst du, Franzi?«

»Ich bin nachher mit Blake verabredet, aber vorher habe ich noch was vor.«

»Was denn?«, wollte Kim neugierig wissen.

»Ich schreibe euch später, okay?« Franzi wollte jetzt nicht mehr sprechen, sondern zu ihrem Dreiergespann in den Pferdestall. Sie verabschiedeten sich und der Kleinbus fuhr vom Hof.

»Das klingt ja super.« Frau Winkler legte den Arm um Franzis Schultern. »Erzählst du mir alles ganz genau? Ich mache uns einen Kakao.«

»Später, Mama. Ist Stefan zufällig da?«

»Ja, ist er. Er hat für mich eingekauft.«

Franzis älterer Bruder Stefan übernahm öfter Fahrdienste für die Familie und für die Detektivinnen. Auch heute war er gern bereit, Franzi zu helfen.

Sie hatte nur schnell Tinka und Polly begrüßt und versprochen, bald wiederzukommen, und stieg dann zu ihrem großen Bruder ins Auto. Ein großer Käfig stand auf ihren Oberschenkeln. Durch die Gitterstäbe guckten sie dunkle runde Augen an. Matildas Augen.

»Da sind wir!« Stefan hielt am Waldrand, ganz in der Nähe des Grundstücks von Maries Großeltern.

»Danke, Bruderherz. Du brauchst nicht zu warten, ich nehme den Bus nach Hause.«

Franzi stieg aus und trug den schweren Käfig den Waldweg entlang. Nach einer Weile blieb sie stehen. Vorsichtig stellte sie den Käfig auf den moosigen Boden und öffnete die Klappe. »Komm, Matilda, es ist Zeit, loszufliegen.«
Die Eule zögerte. Langsam kam sie heraus und flatterte auf Franzis Arm.
»Du gehörst in den Wald. Hier bist du auch geschlüpft«, flüsterte Franzi. Matilda sah Franzi mit ihren schönen Augen an, dann bewegte sie einen ihrer Flügel.
»Ja, Matilda, flieg.« Franzis Augen füllten sich mit Tränen. »Kommst du mich mal besuchen?«
Matilda flatterte nun mit beiden Flügeln.
Franzi hatte das Gefühl, dass das ein »Ja« war. Sie hob den Arm und Matilda flog los.
Franzi sah der Eule dabei zu, wie sie immer höher stieg. »Danke, dass du bei uns warst. Ich wünsche dir viel Glück und viele schöne Abenteuer mit deinen Eulenfreunden!«, rief sie Matilda nach.
In ihrem Beutel suchte sie nach einem Taschentuch, um sich die Tränen abzuwischen, und fand den Lolli von Herrn Schulte. Marie musste ihn ihr heimlich eingesteckt haben. Mit dem Ärmel wischte sie sich die Tränen ab und steckte sich den Lolli in den Mund.
Mit dem leeren Käfig in der Hand lief Franzi den Waldweg zurück. Sie atmete tief ein und aus. Der Urlaub mit ihren Freundinnen war wirklich schön gewesen. Jetzt konnte sie es kaum erwarten, Blake endlich wiederzusehen und ihm alles zu er-

zählen. Er würde sicher staunen, wenn er erfuhr, dass sie einen Umweltsünder dingfest gemacht und einen Schatz im Fluss gefunden hatten. Franzi blinzelte durch die Blätter der Bäume in den Himmel und fragte sich, welches spannende Abenteuer sie gemeinsam mit ihren beiden besten Freundinnen wohl als Nächstes erleben würde.

Kirsten Vogel lebt mit ihrer Familie in Berlin. Obwohl sie die Großstadt sehr mag, ist sie am liebsten in der Natur. Dort fischt sie nicht nur Plastikmüll aus Flüssen, sondern findet auch Ideen für ihre Bücher. Ihr großer Wunsch ist es, dass die Menschen die Umwelt nicht mehr mit ihrem Müll verschmutzen, damit wir alle eine glückliche Zukunft haben können.
Außerdem ist sie sehr gespannt, welche Geheimnisse wir in der Natur noch finden werden.

Die drei !!!

Clevere Girls knacken jeden Fall!

- ☐ Die Handy-Falle
- ☐ Betrug beim Casting
- ☐ Gefährlicher Chat
- ☐ Gefahr im Fitness-Studio[e]
- ☐ Tatort Paris[e]
- ☐ Skandal auf Sendung[e]
- ☐ Vorsicht Strandhaie![e]
- ☐ Skaterfieber[e]
- ☐ Im Bann des Tarots[e]
- ☐ Tanz der Hexen[e]
- ☐ Kuss-Alarm[e]
- ☐ Popstar in Not[e]
- ☐ Gefahr im Reitstall
- ☐ Spuk am See[e]
- ☐ Duell der Topmodels[e]
- ☐ Total verknallt![e]
- ☐ Gefährliche Fracht[e]
- ☐ VIP-Alarm[e]
- ☐ Teuflisches Handy[e]
- ☐ Beutejagd am Geistersee[e]
- ☐ Skandal auf der Rennbahn[e]
- ☐ Jagd im Untergrund[e]
- ☐ Undercover im Netz[e]
- ☐ Fußballstar in Gefahr[e]
- ☐ Herzklopfen![e]
- ☐ Tatort Filmset[e]
- ☐ Vampire in der Nacht[e]
- ☐ Achtung, Promihochzeit![e]
- ☐ Panik im Freizeitpark[e]
- ☐ Falsches Spiel im Internat[e]
- ☐ Betrug in den Charts[e]
- ☐ Party des Grauens[e]
- ☐ Küsse im Schnee[e]
- ☐ Brandgefährlich![e]
- ☐ Diebe in der Lagune[e]
- ☐ SOS per GPS[e]
- ☐ Mission Pferdeshow[e]
- ☐ Stylist in Gefahr[e]
- ☐ Verliebte Weihnachten[e]
- ☐ Achtung, Spionage![e]
- ☐ Im Bann des Flamenco
- ☐ Geheimnis der alten Villa[e]
- ☐ Nixensommer
- ☐ Skandal im Café Lomo!
- ☐ Tatort Geisterhaus[e]
- ☐ Filmstar in Gefahr[e]
- ☐ Unter Verdacht[e]
- ☐ Die Maske der Königin[e]
- ☐ Skandal auf dem Laufsteg[e]
- ☐ Freundinnen in Gefahr[e]
- ☐ Krimi-Dinner[e]
- ☐ Das rote Phantom
- ☐ Hochzeitsfieber!
- ☐ Klappe und Action!
- ☐ Wildpferd in Gefahr
- ☐ Geheimnis im Düstermoor[e]
- ☐ Tatort Kreuzfahrt
- ☐ Gorilla in Not[e]
- ☐ Das geheime Parfüm
- ☐ Liebes-Chaos!
- ☐ Der Fall Dornröschen
- ☐ Spuk am Himmel
- ☐ Flammen in der Nacht
- ☐ Der Graffiti-Code
- ☐ Heuler in Not
- ☐ Tanz der Herzen[e]
- ☐ Tatort Geisterbahn
- ☐ Gefahr im Netz
- ☐ Nacht der Wölfe
- ☐ Gefährliches Spiel
- ☐ Gefahr in den Ruinen
- ☐ Kuss der Meerjungfrau
- ☐ Legende der Einhörner
- ☐ Rätsel der Vergangenheit
- ☐ Tatort Hollywood
- ☐ #Falscher Ruhm
- ☐ Achtung, Gaunerzeichen!
- ☐ Das Bienengeheimnis
- ☐ Vier Pfoten in Gefahr
- ☐ Ein echt schöner Fall
- ☐ Geheimnis im Spukhotel
- ☐ Das Konfetti-Komplott
- ☐ Voller Einsatz für die Erde
- ☐ Luftballon-Küsse
- ☐ Ein Fall mit Herz und Huf
- ☐ Rätselhafter Raub
- ☐ Geheimnisvoller Liebestrank
- ☐ Die Krimi-Verschwörung
- ☐ Der Fluch der Fee
- ☐ Mission Gipfelglück
- ☐ Geburtstagsdiebe
- ☐ Geheimnis am Fluss

Alle Bücher auch als E-Book erhältlich

[e] nur als E-Book erhältlich

diedreiausrufezeichen.de

Die drei !!!

Vorsicht, streng geheim!

176 Seiten, ca. €/D 13,–
ISBN 978-3-440-17154-7

Kim ist glücklich in ihrer Beziehung mit Kalle. Alles könnte so romantisch sein, wenn nicht ihre Mutter ihr Leben in einen Halloween-Alptraum verwandeln würde. Halloween-Chaos, Liebeskummer und ein neuer Fall: All das vertraut Kim ihrem Tagebuch an. Das ist eigentlich streng geheim, aber du darfst mitlesen, mitfiebern und mitlachen!

Ein kultiger Comic-Roman mit Witz, Herz und Spannung.

diedreiausrufezeichen.de